「今夜はご馳走だわ」
誰にも愛されなかった
醜穢《しゅうわい》令嬢が
幸せになるまで
1

シルフィ
ヘルンベルク家の侍女。公爵家への忠誠は人一倍強い。
オスカー
ヘルンベルク家の執事。ローガンに長年仕えている。
ローガン・ヘルンベルク
ヘルンベルク公爵家当主。「暴虐公爵」と呼ばれ、社交界では恐れられている。

エリン・ハグル
アメリアの異母妹。不貞の子であるアメリアを虐めていた。
セドリック・ハグル
ハグル家当主でアメリアの父親。アメリアを離れに押し込んだ張本人。
アメリア・ハグル
ハグル家に不貞の子として生まれた。「醜穢令嬢」と呼ばれ、粗末な生活をさせられてきた。

「俺は、アメリアを愛している」
「私も、旦那様を愛しています」

誰にも愛されなかった醜穢《しゅうわい》令嬢が
幸せになるまで
～嫁ぎ先は暴虐公爵と聞いていたのですが、
気がつくと溺愛されていました～
1
Fuyu Aoki
青季ふゆ
Illustrator.
白谷ゆう

Until the ugly filthy daughter who was never loved by anyone became happy.

CONTENTS

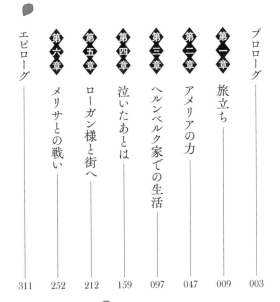

プロローグ

秋の到来を予感させる肌寒いある日。
ハグル伯爵の邸宅、離れに広がる庭園にて。
「今夜はご馳走《ちそう》だわ」
両手いっぱいの雑草に、アメリアは目を輝かせた。
細い、というよりも全体的に痩せこけた体軀《たいく》。
手先は傷だらけで肌も全体的に燻《くす》んでいる。
背中まで伸びた赤混じりの髪は後ろで括《くく》っているが、これも毛先が痛んでいた。
極端に栄養を摂《と》らずに寝不足続きだとこうなる、を体現しているような少女。
それが、アメリア・ハグルだった。
全体的にボロボロなアメリアだが、その瞳には光があった。
「うふふ……今夜はどんな献立にしようかな」
タンポポにヨモギ、フキノトウにハコベ。
普通なら気にも留めない雑草たちも、アメリアにとっては貴重な栄養源だ。
シャンポポやヨモキはサラダに、フキトウは煮物、ハコベはおひたしにできる。

一日一回、侍女が届けてくれる少ない食事と併せれば、三日は持つだろう。

欲を言えば肉や魚とかも手に入ると良いのだが、許可なく離れの外へ移動することは固く禁じられている。ごくごくたまにメニューに加えられる、魚の骨や筋まみれの肉焼きを思い出して、アメリアはお腹《なか》を鳴らす。

「すっかり遅くなってしまったわね」

お昼過ぎから食料採取に精を出して、もう夕暮れ時だ。

西の空はすっかりオレンジ色に染まっている。

涼やかな秋風が、アメリアの燻んだ赤毛を揺らす。

土の匂いに混じって花の匂いが漂ってきて、アメリアは再びお腹を鳴らした。

「でも、あと少し」

食料はもう充分。あとは解毒薬を調合するための薬草類を採ろう。

ちょうど、ストックを切らしているのだ。

花や雑草はもう何年も採取している。

それによって、あらかた食べられるもの、食べられないものがわかるようになった。

しかしごくたまに、見たこともない植物が生えることがある。

邸宅の外から風に乗ってきた種子が、新たな草《しょくりょう》を咲かすのだ。

ロクな食事を与えられずいつもお腹を空《す》かせているアメリアにとってはありがたいことだが、危険もある。草食歴も長くなると、あらかた見かけや匂いで危険かどうかわかるものだが、絶対に失敗しないという保証はない。

　そうなった時には一大事だ。

　痺《しび》れや眩暈《めまい》、発熱ならまだいい方。

　下手したら命に関わる場合もある。

　本邸へ勝手に赴くのは禁じられているし、離れには基本アメリア一人しかいない。

　なので、庭に生えている雑草を調合してこしらえた解毒剤でどうにかするしかないのだ。

（エリンや義母《かあ》さまにとっては、その辺でのたれ死んでくれた方がいいのかもしれないけど……）

　きっとそうに違いないと、アメリアは苦笑いした。

「よし、こんなものかな」

　木の枝で編んだ自前のバスケットいっぱいに雑草と薬草を入れて、アメリアは満足げに頷《うなず》く。

　ヒョロヒョロな掌《てのひら》も全体的に擦り切れたドレスも泥だらけだが、今更どうってことない。

　当分、空腹には困らなそうだ。

　胸の中はスキップしたい気持ちでいっぱいだがそんな力もない。

　かわりに、口角だけ少し持ち上げて離れに帰ろうとした時――。

「また泥んこと遊んでいるのですか？　お姉様」

　その声に、肩が跳ねた。口角が滝の速さで下がる。

「……エリン」

振り向くと、蝶《ちょう》よ花よと育てられたと言うにふさわしい、可憐《かれん》な少女が立っていた。

彫刻のように整った顔立ちに、透き通るような翡翠色《ひすいいろ》の瞳。

腰まで伸ばした金髪は絹のように美しく、身に纏《まと》うドレスは一目で一級品だとわかる上等な物。

姉妹なのにここまで容姿に差が出るものかと、アメリアは改めて思う。

アメリアの腹違いの妹――エリンは、アメリアの持つバスケットを見た途端、ニヤリと口元を歪《ゆが》めた。

「あら、ごめんなさい」

「あっ……」

バスケットが、白い手によって叩《たた》かれる。

形容しがたい音を立てて、バスケットの中身が地面にぶち撒《ま》けられた。

食料、薬草ときっちり分けていたが、ごっちゃ混ぜになってしまう。

「失礼、手が滑ってしまいましたわ」

クスクスと意地悪く笑うエリン。アメリアは心の中だけでため息をついた。

バスケットに雑草を戻そうと、跪《ひざまず》く。

その瞬間、視界の上から白い脚が振り下ろされグシャッと音を立てた。

「失礼失礼、足も滑ってしまいましたわ」

清潔な白いソックスとストラップシューズに包まれた肉付きの良い脚が、長い時間かけて採取したわたしの雑草《ごはん》を踏み躙《にじ》る。

すり潰され、もう食べられたものではない。

アメリアは唇を噛《か》み締める。反抗することは簡単だ。

だが、アメリアの置かれている立場がそれを許さない。

（いつものこと……いつものこと……）

そう自分に言い聞かせ、アメリアは立ち上がり口を開いた。

「……用件は、なんでしょうか」

エリンの表情が止まる。期待していた反応じゃなかったことが、不服らしい。

その鬱憤を晴らすかのように、エリンは地面に転がるバスケットすら踏み潰した。

バキッと鈍い音が響いて、アメリアは思わず身を引いた。

手作りで大した補強もしていないバスケットは、いとも簡単に壊れてしまった。

今度は悪びれすらしなかった。

拳を小さく震わせるアメリアを満足げに一瞥《いちべつ》した後、エリンは吐き捨てるように言った。

「お父様がお呼びです。さっさと本邸に行ってくださいまし」

（お父様が……？）

アメリアは嫌な予感を覚えた。

第一章　旅立ち

アメリアはいわゆる〝望まれない子〟だった。

十七年前、ハグル家当主である父セドリックと侍女との不貞により誕生。

セドリックは元々若い頃から女性関係で揉《も》め事《ごと》を起こす常習犯であり、結婚してようやく落ち着いたかと周囲が安堵《あんど》していた矢先の不義だった。

一夜の過ちとはいえ、伯爵家からハグル家に嫁いだリーナェにとっては最悪の出来事。

セドリックは体裁を保つため、侍女の方から誘惑してきたの一点張りでその場を押し通した。

元々、似たようなトラブルは過去に何度も経験済みで、口から出まかせで茶を濁すのはお手の物。

流石《さすが》にしばらくの間、セドリックとリーチェはぎこちない夫婦生活を送っていたが、真相を知る使用人たちのほとんどを解雇した上に、自称改心したというセドリックの奮励甲斐《がい》あって、少しずつ仲を持ち直した。

アメリアが誕生して二年後に晴れてリーチェが懐妊し、ハグル家の正式な子が誕生したということで少しは溜飲《りゅういん》が下がったのもあるだろう。誕生した子はエリンと名付けられ、不貞を無かったことにするかの如《ごと》く大事に大事に育てられた。

一方の侍女——アメリアの母ソフィは『当主に不義を働いた淫女』という汚名を着せられ、離れの家屋にアメリアもろとも押し込まれた。

商人の娘とはいえ平民の出で、半ば身売りのような形でハグル家にやってきたソフィには、他に身の置き所が無かった。

離れでの生活は軟禁のようなもので、本邸への出入りは禁じられた上に食事や寝床も粗末なものしか与えられなかった。

しかもセドリックがソフィのある事ない事を吹聴《ふいちょう》し回っていたため、それを鵜呑《うの》みにした新米の侍女からの嫌がらせは絶えず、辛酸を嘗《な》める日々が続く。

そんな状況に置かれても、ソフィはアメリアを大切に育てた。

決して多くない食事をアメリアに分け与え、読み書きや社会常識、そして生きる術《すべ》を教えた。

それがソフィなりの、せめてもの罪滅ぼしであった。

幸い、離れは書庫としても使われていたので教材には困らなかった。

ソフィとアメリアは貧しいながらも、穏やかな日々を過ごしていた。

しかしそれも、アメリアが七歳の時に終わりを迎える。

ソフィが流行《はや》り病《やまい》にかかってしまい、そのまま帰らぬ人となってしまった。

文字通りひとりぼっちになってしまったアメリアだったが、今更状況が良くなるわけもなく、むしろ悪化した。

ソフィに向けられていた侍女からの嫌がらせは、まだ子供だったアメリアに向くようになった上に、敷地内を自由に歩き回れるエリンからの意地悪も絶えなかった。

十七になる今日まで、アメリアを取り巻く環境は変わっていない。

◇◇◇

「遅すぎるわよ」

「……申し訳ございません」

本邸にやってくるなり義母のリーチェに咎《とが》められ、アメリアは反射的に頭を下げた。

応接間のソファには両親と、エリンが腰を下ろしている。

アメリアは座る許可が降りず、立ったままだ。応接間の一番上等なソファに腰掛けるリーチェは、煌《きら》びやかな扇子をぱちんっと閉じてアメリアに向ける。

「それに、なんなのその薄汚れたドレスは？　本邸にはちゃんとした格好で来なさいと言いつけたはずでしょう？　絨毯《じゅうたん》が汚れたらどうするのよ」

リーチェはそう言うが、今アメリアが着ているドレスが手持ちの中で一番マシなもの。

そもそも妾子《しょうし》であるアメリアに、新しいドレスを買うお金など与えられるわけがない。

リーチェも、そんなことは承知の上で言っているのだ。

アメリアが不平不満を一言でも返そうものなら、〝口の利き方がなっていない〟と難癖つけてさらなる罵声を浴びせようという魂胆だろう。

アメリア自身、これまでの経験でそれがわかっているからこそ、こう応える。

「……はい、返す言葉もございません。大変申し訳ございませんでした」

アメリアがより深く頭を下げると、リーチェは忌々しそうに奥歯を噛《か》み締めた。

「これだから貧民の子は……」

憎しみのこもった声。もう何度も向けられた感情だ。

もうすっかりと、他人からの憎悪には慣れ切ってしまった。

だから心を無にして、思ってもないことを言える。

「お母様、許してあげて」

隣に座るエリンが、リーチェを見上げて言う。

「アメリア姉様も努力はしているのだと思うの。ただ、ちょっとばかり物覚えが悪いだけで、それは貧民の血が入っているから仕方がないことだと思うわ！」

「あらあら、そうなのね」

これまでアメリアに向けていたものとは一転、愛《いと》おしい我が子に向ける瞳でリーチェは頬を緩ませた。

「お姉ちゃんを庇《かば》ってあげるなんて、エリンは優しいわね」

「えへへ～、それほどでもないよ～」

リーチェに優しく撫《な》でられて、エリンはわざとらしく猫撫で声を漏らす。

ちらりと、エリンがアメリアに目配せし勝ち誇ったように笑みを浮かべた。

ずきんと、胸に小さく痛みが走る。

アメリアは誰にも気付かれないよう小さく息をつき、二人のそばに控える父セドリックに尋ねた。

「それで、ご用件は何でしょうか？」

途端に、場の空気がピリッと引き締まる気配を感じる。

「ああ、その件についてなんだがな」

セドリックが書類を取り出して言った。

「アメリア。お前に、婚姻の話が来ている」

「婚姻……ですか？」

アメリアは聞き返した。

頭の中で、『婚姻』と反芻《はんすう》しても現実味がない。

だってあまりにも、アメリアに馴染《なじ》みのない単語だったから。

「そうだ。アメリア、我が家が陞爵《しょうしゃく》を目指しているのは知っているであろう？」

「それは、存じ上げておりますが……」

爵位がものを言う貴族社会にとって、陞爵、つまり爵位を上げることは最大目標の一つだ。

戦役で功績をあげたり、位の高い家に嫁いだりすることで爵位が上がる。

婚姻というと、後者の手段とは思うが……。

（だとしても、なぜ急に……？）

アメリアの現在の立ち位置は、非常に微妙と言わざるを得ない。

元来、アメリアの出自は秘匿される予定だった。

新婚早々、不義を働いた上に侍女を身籠《みごも》らせたとなると外聞が非常に悪い。

当時は、まだ赤子だったアメリアを秘密裏に山に捨て置かれる話まで出ていたが、ソフィが身を挺《てい》してそれを阻止した。

不義とはいえ、一度は身体《からだ》を交えたソフィの懇願にセドリックは折れて、代わりに親子ともども離れに押し込み存在を隠すことにした。

しかし、噂《うわさ》とは蓋をしても隙間から出てしまうもの。

セドリックが解雇した使用人から噂が広がり、アメリアの存在は周知の事実となった。

結果、ハグル家の家名に傷がつき、先代の功績により決まっていた陞爵まで取り消されたのは言うまでもない。もはや、正妻の子であるエリンを立たせるために出来ることは、アメリアを出来る限り貴族社会から隔離し、彼女に関する悪評を流すことしかなかった。

『伯爵令嬢にも拘《かか》わらずロクに人と話さない無愛想な子』『我《わ》が儘《まま》で傍若無人』『貧民の子で学がない』『まともに文字すら書けない』『社交界にも出席しないのは、自身の醜い素顔を見せたくないという自分勝手な理由のためだ』

大人たち（主にセドリック）の思惑によっていいように醜聞を流されても、幼きアメリアにはどうすることもできない。

それらの醜聞は瞬く間に歪曲《わいきょく》され、事実無根の様相を呈した。

加えて、アメリアが十五になってデビュタントした際、見るからに貧相で骨と皮のような細い容貌を目にし、社交界の令嬢たちからは実《まこと》しやかにこう囁《ささや》かれることになった。

『醜穢《しゅうわい》令嬢』『ハグル家の疫病神』『傍若無人の人でなし』などなど、と。

もちろん、アメリアのデビュタントにあわせて出来るだけ容貌を醜く見えるよう、極端に食事も与えず、ドレスも買い与えず、化粧もさせずといった奸計《かんけい》の結果である。

おかげで思惑通りアメリアの噂は社交界中に広まった。

代わりに妹のエリンがハグル家の花となったのだ。そんな経緯があるからこそ、アメリアは『婚姻』と告げられて信じられない気持ちでいっぱいだった。

セドリックは言葉を返せないでいるアメリアに構わず、続ける。

「相手は……ローガン公爵だ」

「ローガン、公爵」

八文字の音が空気を震わせる。

瞬間、堪《こら》えきれなくなったようにリーチェとエリンが吹き出した。

「ローガン公爵って……!! あの、〝暴虐公爵〟の！」

「そうですわお母様！　冷酷で無慈悲！　怒りっぽくて、すぐに暴力を振るう公爵！　どんなに肝が据わった令嬢でも三日で音を上げるという噂！」

「ちょうどいいわね！　アメリアの腑抜《ふぬ》けが直る良い機会だわ！」

涙が出そうなほどの笑い声をあげる二人から伝わってくる情報に、アメリアはなんの反応も返さない。具体的な名を言われて、ようやく結婚の実感が湧いてきて――アメリアは、心の底から吹き上がる喜びが表情に出ないようにするのに必死だったのだ。

（やっと……やっと、この地獄から抜け出すことができる……!!）

まさに青天《せいてん》の霹靂《へきれき》。アメリアは嬉《うれ》しさで拳を震わせた。

それを悔しがっていると受け取ったリーチェとエリンはご満悦だ。

「話は以上だ、アメリア」

冷たい瞳で、セドリックは告げる。

「明日には迎えの馬車が来る。それまでに、荷作りを済ませておきなさい」

「明日、ですか……？」

「何か不満でも？」

「……いえ、ございません」

不満も何も。

（最高、だわ……!!）

アメリアの頭の中で、ラッパ隊が祝福の音色を奏でた。

◇◇◇

鷹《たか》のようなスピードで婚約が決まり、荷造りを命じられた翌朝。

(そういえば……なんで嫁がされるんだろう、私)

離れの家屋で、トランクに本を収納しながらふと思った。

家を出られるのが嬉しくて、そもそもの話に疑問を持つのを忘れていた。

父セドリックにとって、アメリアはなるべく表に出さずそのまま朽ち果てるまで幽閉しておく方が都合が良いと思っていた。

エリンを立てるとはいえ、アメリアの評判を過剰に落としすぎるのも家名そのものに傷がつく。

なのでアメリアは、一生をこの離れで終えるものと覚悟していた。

……実は一点だけ、思い当たる可能性はあるが考えないようにしていた。

兎《と》にも角《かく》にもセドリックが理由を話さない以上、考えても仕方がない。

アメリアは頭を振って、トランクに本を詰める作業に集中した。

◇◇◇

使用人は誰一人手伝いに来てくれなかったとはいえ、荷作りにはたいした時間を要さなかった。

最低限の身の回り品と、本と、草《おやつ》、調合した薬類……くらいしか、アメリアが持ち出すものはなかった。

通常、嫁ぐ際に持たされるような豪華なドレスや宝石類などは一切ない。

最後に、小さな額縁で微笑《ほほえ》む母の肖像画をカバンに入れて肩に掛ける。

トランク二つと小さなカバン。それが、アメリアの持ち物の全てであった。

出て行く際、これが見納めになるだろうと十七年間過ごした離れを見回した。

さまざまな記憶が蘇《よみがえ》る。嫌な記憶もたくさんある。

だけど何よりも、母親との思い出がたくさんつまった離れ……。

「……今まで、ありがとう」

瞳の奥が仄《ほの》かに熱くなるのを感じながら、アメリアは離れを後にした。

◇◇◇

ローガン公爵家からの迎えの馬車は昼ごろに到着した。

見送りはセドリックだけだった。義母とエリンはもちろんのこと、使用人すらいない。

「いいか。向こうに着いたらすぐに支度金を貰《もら》って送金しろ」

馬車に荷物を積み込んでからいよいよ出発というタイミングで、父が真剣な表情で言った。

通常、支度金は婚姻前に送金されるもの。しかし今回の縁談は急な話だったので、アメリアが着いてから送金される手筈《てはず》になっているらしい。

「今まで無価値だったお前が、我が家にそこそこの利益をもたらすのだ。光栄に思え、アメリア」

（ああ、やはりそうなのね……）

下心に溢《あふ》れた父の下卑た笑みを見て、自分が嫁がされる理由に合点がいった。

ようするに〝金〟だ。やっぱり〝金〟だった。

ハグル家は先代までそれなりに経営もうまくいっていたが、セドリックの代から雲行きが怪しくなり始めた。主に、義母やエリンの散財が理由で。

それは、ハグル家の書類仕事や財務管理を引き受けていたアメリアが一番よく知っている。

ここ最近の収支表を見た感じ、そろそろまずいのではと思っていた矢先のこの婚約……。

要するに私は、支度金という形の収入にされてしまったのであろう。

母と同じように、文字通り身を売られたのだ。

（せっかく考えないようにしてたのに……）

実の娘を売るようなことを、流石の父といえど無いだろう……。

そう信じていたが、見事に裏切られた。

父に抱いていた最後の信頼が音を立てて崩れるのを感じた。

色々言いたいことはあるが、アメリアは拳を握りしめることで耐える。

ここで言い返して婚約が破談にでもなったら本末転倒だ。

「……はい」

それだけ答えると、セドリックは満足そうに頷《うなず》いた。

馬車の扉が閉められ、ガタガタと動き出す。

セドリックはすぐに背を向けて屋敷に戻った。

改めて、この屋敷では誰にも気にかけてもらえなかったんだなと、寂しい気持ちになる。

（ううん……落ち込んではダメよ）

――人生、なるようにしかならないわ。

母の言葉を思い出す。

辛《つら》い時間はいずれやってくる幸せな時間の前振りだとも、母は言っていた。

アメリアに唯一愛情を注いでくれた母の言葉に、今まで何度も救われてきた。

数々の仕打ちを受けてきたにも拘わらずアメリアの心が折れなかったのは、母の存在が大きい。

母の肖像画が入ったカバンを胸に抱きしめて。

新天地であるローガン公爵家での日々を、アメリアは前向きに捉えることにした。

◇◇◇

馬車を走らせること数時間。

王都から離れた、緑溢れる地帯にローガン公爵家の屋敷はあった。

屋敷というより、宮殿……いや、城に近かった。

「すごい……」

馬車の窓から田舎娘のように顔を出して思わず呟《つぶや》く。

公爵家のお住まいとなるとこんなにも桁違いな規模になるのかとアメリアは慄《おのの》いた。

太陽の光が反射して眩《まぶ》しいほど煌めきを放つ純白の城、庭園には何かの神話に出てきそうな女神像をモチーフにした噴水。そして何よりも……。

(あれはフルラの花！　絞ったら甘い蜜が出て美味《おい》しいのよね)

別の場所に目を向けるアメリア。

(サラダの王様、クレソンもあるわ！　貴重な栄養源になりそうね。あれは何かしら？　見たことないけど、見栄え的にきっと美味しい草に違いないわ！)

ハグル家とは比べ物にならないほど広大な庭園に、雑草採取歴十年の興奮が最高潮に達した。

自然の方が馴染みのあるアメリアにとっては居心地良さそうな場所であった。

「お待ちしておりました、アメリア様」

馬車が止まるなり、使用人と思《おぼ》しき初老の男性が出迎えてくれた。

品のある白髪に白い髭《ひげ》。体格はすらっと細く、執事姿がよく似合っている。

慌ててトランクを馬車から下ろそうとする。

しかし、いつの間にか男性の両手に一つずつトランクが持たれていた。

「お、重たいですよね、それ」

焦った声でアメリアは言う。

「本とかたくさん入っているので……私が持ちます……!!」

「いえいえ、こちらは私どもの仕事ですゆえ、お気になさらず」

「あ……ありがとうございます……」

ペコペコとお辞儀をすると、男性は一瞬怪訝《けげん》そうな表情をした。

アメリアが不思議に思う間もなく、男性はニッコリと人を安心させる笑みを浮かべて言う。

「こちらです」

屋敷の中に通される。興奮はそのままで、アメリアはきょろきょろと首を動かし続けた。

一眼で豪華だとわかるシャンデリアに、どれほどの値がつくかわからない絵画。

大理石作りの床はピカピカで、ところどころに色合いの良い花が花瓶から顔を出している。

(美味しそう……って、あれは食べてはだめね)

実家は資金繰りの影響で使用人を減らしたため、よく見ると掃除が甘い。

しかしこの屋敷は隅々まで清掃が行き届いていて、自分なんかが土足で歩いて良いものなのかというためらいすら生じてしまいそうだ。

オンボロで燻《くす》んだ家屋に身を置いていたアメリアとしては、少々落ち着かない。

「こちらで、旦那様をお待ちください」

応接間に通されると、男性は深く一礼して去っていった。

2つのトランクとカバンだけが残される。

(ローガン公爵……どんな方なんだろう……)

誰か曰《いわ》く——暴虐公爵。

社交界にも全く顔を出していないアメリアとは面識もないし、噂話も聞いていない。

義母やエリンが言うには……。

(冷酷無慈悲で怒りっぽい……すぐに暴力を振るう……)

今になって、アメリアの背筋に冷たいものが走った。

しかしすぐに、平静が戻ってくる。

(暴力は……死ななければまあ……でもご飯はせめて、一食は欲しいな……)

これまで、家族や侍女から受けてきた仕打ちのせいもあって、思ったよりも悲観的に捉えていないアメリアだった。慣れとは恐ろしいものである。

おおよそ、嫁ぎ相手への要望とは思えないラインを考えながら待つこと十分。

「来たか」

ガチャリとドアが開く音がして、思わず肩がびくりと震える。

恐る恐る振り向くと——。

「ローガン・ヘルンベルクだ」

とんでもない美丈夫がそこにいた。

「出迎えが遅れてしまったが、許せ。今日中に処理しなければならない書類仕事が多くてな」

心地よい低音ボイスを響かせる美丈夫——ローガンに、アメリアは息を呑《の》んだ。

スッと通った鼻筋に、不機嫌そうに結ばれたくちびる。

女性の平均より低めのアメリアよりも、頭ふたつ分は高い背丈。

ぱっと見は細めの体格だが、その佇《たたず》まいと随所の服の盛り上がりから引き締まっていることがわかる。宝石のように煌めくシルバーカラーの髪は長めに切り揃《そろ》えられており、触るとふわふわしてそうだ。そして何よりも目を引くのは、アメリアを見下ろすブルーの瞳。

美しさの奥に鋭い刃物のような鋭利さを感じさせ、目を合わせただけで背筋が凍り付いてしまいそうだ。これが、暴虐公爵と呼ばれる所以《ゆえん》のひとつだろう。

アメリアは動けなくなっていた。しかしそれは彼の瞳のせいではない。

引きこもりの一人生活が長いアメリアにとって、美形すぎる男性を目の前にするというのは刺激が強すぎる状況だったのだ。

「……何をボーッとしているんだ？」

「あ、すっ、すみませんっ……」

怪訝そうに眉を顰《ひそ》めるローガンの前で慌てて膝を折る。

「アメリア・ハグルでございます」

そう告げて、淑女の礼をするアメリア。

『将来、絶対に役に立つ時が来るわ』と、母に教わったマナーである。

アメリアのその動作に、ローガンは一層眉を顰めてから言う。

「堅苦しい挨拶はそのくらいにして、まずは此度《こたび》の婚約について話をしたい」

「あ、はい……」

席に着くローガンに促され、アメリアもソファに座り直す。

柔らかい場所に座るのはいつぶりだろうか。

「紅茶か、コーヒーか、どちらがいい？」

「あ、えっと……お手間がかからない方でお願いします」

「君の好みを聞いている」

「でしたら……紅茶でお願いします」

ローガンは無言で呼び鈴を鳴らし、使用人に紅茶とコーヒーを申しつけた。

使用人が退出した後、ローガンがアメリアに向き直って言う。

「結論だけ言うと、この婚約には愛はない。俺は君に期待しないし、君も俺に期待をするな」

予想だにしなかった第一声に、アメリアは瞳をぱちくりさせた。

「まずは経緯から話すと、そもそも俺は結婚なんてしなくてもよかった」

なんとか平静を保って、アメリアはローガンの言葉に耳を傾ける。

「結婚よりも、仕事に尽力して国のために尽くす方が性に合っているからな。だが公爵ともあっては、体裁も気にしなければならない。側近の結婚しろという声もうるさくなってきた。だから形式上でも結婚をしないといけなくなったが……」

ローガンが、魂ごと抜け落ちてしまいそうなため息をつく。

「夜会で言い寄ってくる令嬢たちはどいつもこいつも結婚したら面倒臭そうな奴《やつ》ばかり。仕事柄わかるんだ。俺じゃなくて、俺の爵位や財産が目当てだと。そんな寄生虫どもと結婚したら、あとあと絶対に面倒臭いに決まっている」

よっぽど嫌な目にあったのか、貴公子らしからぬ口調になっていくローガン。そんな彼にアメリアは共感を覚えていた。父も義母もエリンも、まさしくそういう人種だったから……。

「そこでだ……」

ローガンがアメリアをじっと見て、真面目な口調で告げる。

「俺と同じく、結婚にさらさら興味もない令嬢と結婚しようと思ったのだ」

それが君だ、とローガンが付け加えて。

「……ご説明くださりありがとうございます。ローガン様の心づもりは把握しました」

アメリアは理解半分、新たな疑問が半分生じた。

ローガンがアメリアと婚約した理由は合点がいった。

見かけからして優秀そうなローガンが、結婚よりも仕事をしたいというのは納得だ。

それでも結婚しなければいけないという状況であれば、結婚後も自分に干渉しない相手を選ぶのが良いだろう。そうなると、結婚に興味がない（正確には自分とは縁がないと思っていた）アメリアを選ぶのは非常に合理的に思えた。

ここまではわかる。ただ……。

「そもそも私たち……」

お会いしたことありましたっけ……？

そう問いかけようとした時、ドアがノック音を奏でた。

「失礼いたします」

使用人がトレイに飲み物を載せて入室した。

アメリアの前に紅茶を、ローガンの前にはコーヒーを置いて、一礼を残して去っていった。

「冷めないうちに飲みたまえ」

「あ、はいっ、ありがとうございます」

促され、紅茶を手に取る。ちらりと、視線を前に向け、ローガンがカップに口をつけるのを確認してからアメリアも一口紅茶を啜《すす》った。

「ぁちっ」

よく温度を確認せずに啜ったから、熱さで驚き紅茶をこぼしてしまった。

「も、申し訳ございません！」

慌ててハンカチを取り出そうとする。

そんなアメリアに、ローガンは「何をやっているんだ」と言ってハンカチを持って立ち上がった。

「いけません、それではローガン様のハンカチが汚れてしまいます」

「汚れたものを拭き取るのがハンカチの役目だろう」

何を当たり前のことを、と言わんばかりの反応。

拒否する間もなくアメリアのそばに膝を突き、ローガンが紅茶を拭く。

「急な話で緊張をしているのだろうが、仮にも俺たちは夫婦になる身なのだ。遠慮はしなくていい」

夫婦、と言われてなぜか頬の温度が急上昇した気がした。

至近距離で神妙な顔つきをするローガンに悟られないよう、アメリアは深く息を吸い込み心を落ち着かせようとする。

ふわりと、シトラス系の甘い香りが漂ってきて余計に心音が高鳴った。

（さっきから何をしているの、私は……）

異性に慣れていないにも程がある。

思わず、自嘲めいた笑みが浮かびそうになった。

「よし、こんなものだろう」

「ありがとう、ございます……」

おずおずと頭を下げると、ローガンはわずかに瞳を揺らして言う。

「……聞いていた噂とは大違いだな」

（それはこっちのセリフでもありますよ……）

言葉には出さなかったが、心底思った。

――暴虐公爵。

冷酷無慈悲で怒りっぽいと聞いていた。

確かに物言いはぶっきらぼうだけど、根は紳士で隠しきれない優しさが滲《にじ》み出ている。

そんな印象を、アメリアは持っていた。

「詳しい婚約の契約はこちらの通りだ」

ローガンはそう言って、一枚の羊皮紙を取り出す。

アメリアは安堵した。

（字を習っていて良かったわ……）

この国の識字率はさほど高くはない。

貴族となれば家庭教師をつけ字を学ぶことは一般的だ。

その一方で、庶民は基本的な読み書きもおぼつかない場合がある。

商人の娘として生まれ幼い頃から字を習っていた母ソフィのおかげで、ろくに教育も受けさせてもらえなかったアメリアも一般的な貴族と同程度の読み書きは出来るようになっていた。

（ありがとう、お母様……）

心の中で亡き母に感謝を告げる。

「拝読いたします」

羊皮紙を受け取って、内容に目を向ける。

「ふむふむ……なるほど……」

① 此度の婚約は形式的なものだが、婚姻同意書は王宮に提出する。

（外から見て、結婚しているという証明は必要だものね）

これは無問題。

② 妻アメリアは、ヘルンベルク家の品位を落とさぬように尽力する。公の場で妻としての振る舞いに努める以外は、特に仕事は課さぬものとする。

（こ、これは……つまり夜会やパーティで頑張ること以外は、好き勝手自由にしても良いってこと……!?）

夢のようだと思った。

実家では、父からたびたび書類仕事を押し付けられ、睡眠時間を削って処理する日々だった。過労で死ぬかと思った経験も一度や二度では無い。だから、公の場以外に仕事をやる必要がないというのは、アメリアにとって天にも昇る心地になる条件であった。

「何をそんなに目を輝かせているのだ……？」

「あ、いえ、失礼いたしました」

首を傾《かし》げるローガンに一礼し、表情を戻してから続きを読む。

③　原則としてお互いに干渉はしないこと。部屋も別々とする。

（これも、ローガン様の婚約の理由を考えれば当然と言えば当然よね）

ちょっぴりだけ残念な気もするが、致し方がない。

その他は結婚式についてや屋敷内での大雑把なルールなど、細々とした事項で契約書は締められていた。全て読み終えてから、ローガンに視線を戻す。

「質問、よろしいでしょうか？」

「なんだ？」

「食事は一食付きますでしょうか？」

「なぜ食事が一食の前提なのだ。きちんと三食摂《と》れ」

「三食も！　ありがとうございます、ありがとうございます……」

「変なことを言うやつだな……？」

「それと、何かお給金が発生するお手伝いなどはございますでしょうか？」

「と、言うと？」

真意を図りかねる、と言わんばかりにローガンが目を細める。

「厚かましいお願いであることは重々承知ですが、身の回り品などを購入するにあたって最低限のお金が必要かと思い……」

アメリアの言葉に、ローガンは目を瞬かせた。

「手伝いなどせずとも、そのくらいの費用はこちらが出す。専属の使用人をつけるから、必要なものがあれば申しつけるといい」

「そんな至れり尽くせりでよろしいのですか……!?」

「……？　妻なのだから当然だろう？」

実家では父の書類仕事を連日徹夜で完遂しなければ、下着を買うお金もろくに与えられなかった。

それに比べると天国にも程がある。

キラキラと『喜』のオーラが漏れてしまっているアメリアを見て、ローガンが不思議そうに問う。

「そもそも、実家から財に換えられるものは持たされていないのか？　普通は持たされるものだと思うが」

「いえ……特には。この荷物だけでございます」

「その二つのトランクと、カバンだけか？」

「はい」

「中には何が？」

「えっと……主に本と、ざっそ……いえ、身の回り品とかです……」

危ない。雑草と口にするところだった。

嫁ぐにあたっての荷物の中に雑草や薬草がたっぷり入っているなど、淑女としては微妙だろう。

「……なるほど。想像以上に少ない荷物なのだな」

まさか妾子と言えど伯爵家の令嬢が、離れに軟禁されて何も与えられなかったなどローガンの想像が至るはずもない。

「最後に……これが一番大事な質問なのですが……」

アメリアは恐る恐る、だけど譲れないといった瞳でローガンに問うた。

「お、お庭のお花や雑草は採っても良いものでしょうか……!?」

「…………は？」

たっぷり間をとって、ローガンは首を傾げた。

顔には『何言ってんだこいつ』と書かれてある。

「さっき馬車からチラッと見えたのですが、この屋敷の庭園に生えている植物はとてもおいしそ……じゃなくて、中々のものがありました」

アメリアが前のめりになる。

「淑女にあるまじき趣向ではあるのですが、こう見えて自然には目がないものでして、色々と採取したく思っています。あ、もちろん綺麗《きれい》に整備された花園とかは手を出しません！　どこか手入れが行き届いていない場所などあれば私としてはとても……」

「わかったわかったわかったわかった」

ローガンが手のひらをアメリアに見せてストップをかける。

アメリアから出てくる情報量についていけていない様子だ。

「……見栄えに影響が出ない範囲であれば、別に好きにしていい」

その言葉に、ぱあぁっと表情に花を咲かせるアメリア。

「ありがとうございます、とても助かります！」

（これで、万が一食料が絶たれた場合でも、生きていける……!!）

アメリアがズレた安堵をしている一方、ローガンはどっと疲れたようにソファの背にもたれた。

「質問は以上か？」

「はい。とても寛大な待遇をいただき、ありがとうございます」

「ごくごく一般的な待遇だと思うのだが……それで、契約書の方は問題なさそうか？」

「はい、問題ございません」

むしろ、こんなに恵まれていていいのだろうかとすら思う。

冬の寒い日であっても、ロクに薪ももらえない離れに押し込まれていた実家と比べたら天国としか言いようがない。

改めてローガンの表情をまっすぐに捉え、深々とお辞儀をしてアメリアは言った。

「この婚約、ぜひお受けさせていただきたいです」

◇◇◇

「どう思う？」

アメリアが応接間を退出した後。

ローガンは、先代からヘルンベルク家の執事を務める初老の男——オスカーに尋ねた。

「噂とは当てにならないもの、と思いました」

品のいい白髭を撫でながら、オスカーは神妙な表情で言った。

「だよな……ある程度は噂話だろうと思っていたが、実際の彼女とのギャップがあり過ぎて……なんというか、調子が狂う……」

「ローガン様は、純朴な子に弱いですものな」

オスカーの揶揄《からか》うような言葉に、ローガンはガシガシと頭を掻《か》く。

「事前に聞いていた彼女は、我が儘で傍若無人、ロクに人と話さず無愛想、貧民の子で学がない、まともに読み書きすらできない無能、醜穢《しゅうわい》で不衛生……」

「散々な有様で。確かに……体格は少々スリム過ぎるのと、お召し物も少しばかりお汚れではありますが、人格面に関しては」

「むしろその逆」

「ええ、とても良識的な方に思えます」

オスカーは思い起こすように天井を見上げる。

「最初にお出迎えした時も、アメリア様は自分で荷物を持とうとしてました」

「あのでかいトランクをか?」

「ええ。本がたくさん入っていて、重たいからと。それは私の仕事だと言ったら引き下がってくれたのですが、非常に申し訳なさそうにしておいででした」

「……我儘で傍若無人、とは思えんな」

「むしろ貴族令嬢としては謙虚で丁寧すぎるかと……あいたた……」

「腰か？」

急に腰のあたりを押さえたオスカーに、ローガンは尋ねる。

「ええ。情けないことに、先程トランクを持った際、少々腰に負荷がかかりまして。いやはや、歳《とし》には勝てませんのう」

「その歳であの馬鹿でかいトランクを持ち運べる時点でも凄《すご》いと思うが……」

「まだまだ現役ですゆえ」

「そうでないと困る」

一呼吸置いて、ローガンが口を開く。

「話を戻すと、さっきのアメリアの対話でもな……」

ローガンは、先程アメリアから来た質問——食事は三食出るのかとか、身の回り品を買うために働いていいかとか、あげくの果てに庭の草を取っていいかとか——についてオスカーに説明した。

「おおよそ、嫁いだばかりの貴族令嬢から出る質問とは思えません」

「噂を全て鵜呑みにするのであれば、彼女が俺を油断させるために全て猫を被《かぶ》っていて……という線も考えたが、俺の見た感じ彼女は強《したた》かに策を練るタイプとは思えない」

「むしろその逆」

「ああ、抜けているというか天然というか……嫁いだばかりの目上の夫に、庭の雑草を取っていいかなど訊《き》くか？　普通」

流石は長い付き合いとだけあって、ふたりの息はぴったりであった。

「でも、ある意味思惑通りではありませんか？」

「何がだ？」

「ローガン様も、噂はある程度出鱈目《でたらめ》だと承知の上で、此度の婚約に踏み切ったのでしょう？」

「ある程度はな。二年前……彼女を初めて目にした時には、短い会話だけであったが、破滅的な性格の持ち主とは思わなかった。この二年で様変わりした可能性もあると見て、それなりの覚悟を持って対面に臨んだのだが……」

噂と、実際の彼女とのギャップ。

薄汚れたドレス、まともな栄養状態とは思えない体格。

いかにも自信なさそうな、周囲に対してどこかビクビクしている様相。

アメリアの、あまりにも低過ぎる希望の数々。

「あの、ローガン様。勝手な想像ではありますが、もしかすると彼女は……」

「ああ、多分、思っていることは一緒だ。仮にそれが事実だとすれば……」

ローガンが拳を、固く握りしめる。

正義感の強い彼にとって、もし仮説が正しいのだとしたら、到底許せるものではない。

「オスカー、頼みがある」

「ハグル家の内情、そしてアメリア様に関する調査、ですか？」

「ああ、よろしく頼む」

「お任せを」

まずアメリアに聞くほうが早いのではとも考えていた。

しかし、家族に命じられ口を割らないか、もしくは全く出鱈目な建前を話す可能性がある。

（まずは客観証拠を集めること、だな）

アメリアの件は一旦そう処理するとして、ローガンは溜《た》まりに溜まった書類仕事の優先順位を組み替える作業に戻った。

◇◇◇

「何これ……？」

侍女に通された部屋を見るなり、アメリアが漏らした一声である。

「何って、アメリア様のお部屋ですよ」

短い黒髪の侍女が、感情の乏しい表情で告げる。

アメリアは愕然《がくぜん》とした。明らかに、実家の一番良い部屋よりも上等な部屋だった。

まず、広い。広過ぎて逆に圧迫感があるくらい広い。

壁は一面ブルーベリーカラーの花柄模様。天井にはたくさんの蠟燭《ろうそく》が刺さったシャンデリア。

大きな窓からは気持ちの良い陽《ひ》の光がこれでもかと差し込んでいる。

天蓋付きのキングサイズベッドは見るからにふっかふかで清潔感があり、鏡台も大きく不便は無さそうだ。

「王族のお部屋？」

「いいえ、旦那様の屋敷の中でも、ミドルクラスのお部屋です」

「これでミドル……!!」

今度は目の玉が飛び出しそうになるアメリアは、噂を鵜呑みにしている侍女の『公爵様の妻にも拘わらず中級の部屋を充てがわれている』という嫌味に気づくことができない。

気づくわけがない。

なんと言ったって、アメリアが今まで住んでいた離れが犬小屋同然の有様だったのだから。

星屑《ほしくず》が落ちそうなほど目を輝かせるアメリアに、侍女は咳払《せきばら》いする。

「あ、ごめんなさい。ええと……」

「シルフィです。早速ですが、お荷物の整理を手伝わせていただきます」

「手伝っていただける……のですか？」

「……？　何か問題でも？」

実家では侍女というと、余り物のような食事を汚れた皿に載せて運んでくる、食事を完食できなかったら躾《しつけ》と称して無理矢理口に詰め込んでくる。

目が気に入らない態度が気に入らないと何かと難癖をつけて叩《たた》いてくる——そんな存在だ。

だから自分を手助けするというシルフィの言葉に現実感を持つことが出来ない。

……本来侍女とはそういうものなのだが、全く逆の扱いを受けてきたアメリアにはピンと来ていない。

（ここで手を煩わせてしまったら、ローガン様に迷惑をかけてしまうかも……）

アメリアはそんな的外れな思考に至った。

なるべく相手を怒らせないよう、言葉を選んで口を開く。

「シルフィさん、お構いなく。荷物もこれだけですし、一人で大丈夫ですよ」

しかしアメリアの意図に反して、シルフィは怪訝そうに眉を顰めた。

「……何か、見せられないようなものでも？」

「え？　いや、そういうわけではありませんが……」

淑女としては、ちょっと微妙なブツが入っている。

羞恥から、アメリアはトランクを守るような位置に立った。

それがいけなかったらしい。

「念の為《ため》、中身を見せていただいても？」

シルフィの目に警戒心が宿る。

仲間の侍女達《たち》を伝って悪い噂をさんざん聞いてきた彼女が頑《かたく》なに隠すモノ。

（刃物……もしくは爆薬……とか……？）

様々な可能性が頭に巡って、シルフィの警戒度は鰻登《うなぎのぼ》りであった。

（この女は、旦那様にうまく取り入ってヘルンベルク家を没落させんと目論《もくろ》む悪女かもしれない……）

この屋敷は私が守らないと！

優秀な侍女であるシルフィは、そんな使命感に燃えていた。

「ええっ、大丈夫、本当に大丈夫ですから……」

「大丈夫とかそういう問題ではなく、中に危険物が入っていないかのチェックです」

「危険物!?」

アメリアはぎょっとするも、言われてみればと目を逸《そ》らす。

「ま、まあ、用法を間違えると危険なものもありますが……」

「……!! やはり持っているのですね！」

シルフィは軽快な身のこなしでアメリアの後ろに回った。

「旦那様の身に何か危険が及ぶようなものがあっては遅いのです！」

「ああっ、ちょっと……!?」

アメリアの制止も構わず、シルフィは勢いよくトランクを開け——。

硬直した。シルフィも、アメリアも、時間も。

「……なんですか、これ」

抱えるほどのトランクの中には、たくさんのきんちゃく袋や小瓶が詰め込まれていた。

それぞれの容器には走り書きで何やら色々書かれている。

「えっと……草とか、薬草とか、お薬とか……そんな感じです、はい」

シルフィが言葉を失う。

「ごめんなさい……仮にも淑女ともあろう者のトランクの一つが、満遍なく植物や薬というのはお恥ずかしい限りで……」

アメリアが顔を真っ赤にして俯《うつむ》く。シルフィがもう一つのトランクに目線を向ける。

「……そちらには？」

「えっと、本がメインですね」

「本……」

「あ、鈍器には使えるとは思いますが、私の細腕ではとても……」

真面目腐った口調で言うアメリアに、シルフィは気の抜けたようなため息をつく。

「……大変失礼いたしました」

シルフィが、地に両手両膝をついて深々と頭を下げた。

「私の早とちりで、お嬢様にお恥ずかしい思いをさせてしまいまして、申し訳ございません」

仮にも公爵様の妻となられる方にとんだ無礼を働いた上に恥をかかせてしまった。

今更謝って済むような事でもないと思いつつ、誠心誠意の謝罪を遂行する。

良くて休職、下手したら退職ものだろう。

そんな覚悟をしていたのだが。

「あ、頭をお上げになってください」

あろうことかアメリアは膝をついて、そんなことを言った。

「私こそ、紛らわしい言い回しをしてしまいごめんなさい。シルフィさんは全然悪くないので、気に病まないでください」

シルフィが面を上げる。

子供を安心させるようなアメリアの笑顔に、シルフィは息を呑む。

「むしろ、旦那様をとても大切に思ってらっしゃるのだと、感服いたしました。シルフィさんの行動は、なんら間違ってはいないと思います」

その言葉に、シルフィは呆《ほう》けてしまった。

事前に聞いていた噂とは差異があり過ぎるアメリアの言動に、頭が追いつかないでいた。ただ、これだけはわかる。

「……お嬢様は、とてもお優しいのですね」

「いえ、そんな……」

ふるふると、アメリアは頭を揺らした。

母親に褒められて少し照れ臭そうにする子供みたいな表情をしている。

シルフィはもう一度、気の抜けるようなため息をついた。

「さて、と……」

シルフィが立ち上がる。

「中身のお荷物もわかった事ですし、せめてもの償いとして手伝わせてください」

「は、はい……ありがとうございます、シルフィさん」

「シルフィ、とお呼びください。それと、敬語は無しにしましょう」

初めて、シルフィがアメリアに笑顔を見せる。

アメリアは一瞬、躊躇《ためら》う素振りを見せたが意を決してシルフィに向き直った。

「わかったわ、シルフィ。それじゃ、よろしくお願いね」

「もちろんでございます」

まだ、シルフィは完全にアメリアを信用し切ったわけではない。

噂の真偽を確かめるには時間が足りな過ぎる。

だけど……。

(よくよく見なくとも、結構整った顔立ちをしてるわ……ちゃんと栄養をとって、磨けばきっと輝く……)

少なくとも、『醜穢《しゅうわい》令嬢』という噂は的外れだと思った。

第二章　アメリアの力

シルフィと引っ越しの荷物を片付け終える頃には、すっかり日が暮れてしまった。

ちょうど夕食時だというシルフィに連れられ、だだっ広い食堂に向かうと、大きな縦長のテーブルの中央にローガンが座っていた。

ローガンの隣に、空席の椅子が一つある。

「アメリア様、旦那様の隣へ」

そう言い残して、シルフィはローガンの後ろの壁に控えるように立った。

「どうした、早く座れ」

「し、失礼します」

おずおずと隣に座って、ちらりとローガンを窺《うかが》う。

今まで書類仕事に追われていたのか、表情には疲労が浮かんでいるように見えた。忙しい合間を縫ってくれたのだろう。

アメリアの胸に仄《ほの》かに温かなものが宿った。

「多忙な中、ありがとうございます」

「流石《さすが》に初日くらいはな。明日からは同席できるかはわからん」

「それでも、とても嬉《うれ》しいです」

にっこりと笑って思ったことをそのまま言うと、ローガンは居心地悪そうに頭を掻《か》いた。

(何か、変なこと言ったかしら……？)

アメリアが首を傾《かし》げている間に食事が運ばれてくる。

次々に眼前に並べられる料理たちは、豪勢としか形容しようのないものだった。

(いや、多くない？)

前菜のサラダに、ふわふわ熱々そうなパン。

ステーキには刻んだ野菜と絡めたソースがかけられていて、ミディアム焼きの赤身がキラキラと輝いている。それにエビの丸焼き、濃厚そうなクリームパスタまであった。

「どうした、口に合わないものでもあるのか？」

目をぱちくりさせて固まるアメリアに、ローガンが怪訝《けげん》そうに尋ねた。

「いえ、その……三日分はある量だなと」

「三日分？　一食分だぞ？」

「そうですか……そうなんですね」

(ローガン様はとんでもない大食漢であられる……)

アメリアはそんな確信を深めた。

……量で言えば一般的な貴族と同じくらいなのだが、まともな食事をほとんど口にしたことがないアメリアにはわかるはずもなかった。

食前の祈りを捧《ささ》げてから、フォークを手に取り恐る恐るサラダを口に運ぶ。

「ちゃんと野菜から食べるのか」

「一番慣れ親しんだものから食べようかと」

強制ベジタリアン生活でしたので。

（ああ……美味《おい》しい……）

レタスにセロリ、ブロッコリー……トマトまで！

新鮮な生野菜というものを、アメリアは初めて食べたかもしれない。

実家では、見るからに野菜とわかるものは育てられなかった。

侍女やエリンに見つかったら踏み荒らされることが見えていたから。

こっそり育てていた雑草たちも美味しくもあったが、やはり新鮮さと食べやすさでは一般的な野菜に及ばない。

「好きなんだな、野菜が」

「はい、ふきです！」

「口からセロリを生やしながら喋《しゃべ》るんじゃない」

「しゅ、しゅみません……」

バリボリとセロリを胃に収めてから、今度はパンに手を伸ばす。

（モッチモチでほんのり甘くて……美味しい！）

小麦粉なんていつぶりだろう。

実家で出されるパンといえば、歯が折れてしまうんじゃないかと思うほど硬くて味もしない代物だった。白い部分を押したら指が沈むなんて、パン革命にも程がある。

「パン単体でそんなに美味しそうに食べる奴《やつ》は初めて見たな……」

もっちゃもっちゃと幸せそうにパンを頬張るアメリアにローガンが言う。

「普通は肉や魚などと一緒に食べるものなのだが」

「あ、ほうなのですね」

「口からパンを生やしながら喋るんじゃない」

「ふ、ふみません……」

パンを飲み込んでから、一口サイズに切り分けられたステーキを口に運ぶ。

「……!!」

全身に衝撃が走った。

じゅわりと、口の中にソースと肉の旨味《うまみ》が広がった瞬間、脳天を旨味という旨味が直撃して言語機能を司《つかさど》る部分がポシャってしまった。

噛《か》んだ瞬間、溶けてなくなるほど柔らかい上質な肉ということだけはわかった。

わなわなと震える手でパンを取り、一口大に千切って口に放り込んだらもう大変。

「美味しすぎます……!!」

その後も、アメリアはどの料理を食べても美味しい美味しいとオーバーな感情表現をした。

心なしか、後ろに控えているコックも頷《うなず》き誇らしげだった。

極端に貧しい栄養生活を送っていた反動で、淑女ということを忘れ食事に没頭するアメリア。

時々正気に戻って、食事の際のマナーを必死に取り繕っている素振りを見せるが爆発した食欲の前では無駄なようだった。

◇◇◇

(まるで、飢えた子猫だな……)

一心不乱に料理を食すアメリアに、ローガンは思った。

特別この家の料理が美味しくて感動している、というわけではない。

単純にまともな料理を食べてこなかったからこんなリアクションになっているように感じた。

先刻から積み重なっていく違和感。アメリアの、今にも骨が見えそうな細腕を見て思う。

(やはりアメリアは……)

——かちゃんっ。

小さくない金属音が響き、思考が中断される。

横を見ると、アメリアが腹を両手で押さえ苦悶《くもん》の表情を浮かべていた。

「アメリア……!?」

食堂に、ローガンの大声が鳴り響いた。

突然お腹《なか》を押さえ蹲《うずくま》るアメリアに、ローガンの背中に冷たいものが走った。

「アメリア様！」

侍女のシルフィも駆け寄ってくる。アメリアの顔色は悪い。

まるで即効性の毒物でも飲んだかのようだった。

「おい！　何か入れたわけではないだろうな……!?」

「い、いえ！　私どもは何も……!!」

ローガンに詰め寄られたシェフは顔面蒼白《そうはく》だ。

「アメリア様、大丈夫ですか……!?」

シルフィが問いかけるが、アメリアは苦悶の表情のまま動かない。

ローガンはアメリアのそばに膝をついた。

（何か、相性の悪い食材に当たったのか……？）

ピーナッツや卵、エビなど、特定の食物を食べると身体《からだ》が拒否反応を起こす症例がある。

最悪の場合、死に至ることもあるらしい。対話の際、アメリアには事前にそういう食材がないかヒアリングして特にないと聞いていたのだが。

（なんにせよ、只事《ただごと》ではない……!!）

ローガンは声を荒らげた。

「オスカー！　今すぐ医者を呼べ！」

「はい、ローガン様。ただいま使用人を、そう時間を要せず来るかと……」

このような状況になっても落ち着いた様子のオスカーがそう言う間に、アメリアはシルフィに視線を向けた。

「シルフィ……お願いがあるの」

「は、はいっ、なんでしょう？」

「私の部屋の……戸棚の上から二番目に入れた布袋を取ってきて貰《もら》っていいかしら……？」

「戸棚の上から二番目の布袋ですね！　た、ただいま……!!」

シルフィが脱兎《だっと》のごとく食堂を飛び出した。

「おい大丈夫か！　しっかりしろ……!!」

「だい……じょう、ぶです……」

「これが大丈夫なわけがあるか……!?」

逼迫《ひっぱく》した様子のローガンを、アメリアは見上げる。

（なんだ、その顔は……）

まるで、親に叱られるのを恐れる子供のような……。

怯《おび》えなのか、それとも身体の不調なのか。

アメリアの肩口が、小刻みに震えていた。

「ご迷惑をおかけして……申し訳、ございません」

そんなこと言っている場合か！

そう声を上げそうになるのを押し込めて。

泣きそうな声を漏らすアメリアに、ローガンは落ち着かせるように声を掛ける。

「大丈夫だ、きっと大丈夫だ。すぐに医者が来るから……」

そう言って、ローガンはアメリアの背中を摩《さす》った。

「ローガン、様は……」

ふわりと、柔らかい笑みを浮かべて。ローガンの瞳を見据えて。

「お優しい、のですね……」

「……優しい？」

――俺がか？

「アメリア様！　持ってきました！」

その時、シルフィが布袋を手に戻ってきた。

「ありが、とう……そこに、置いてくれる……かしら？」

「は、はい！」

シルフィが布袋をテーブルの上に置くと、中からゴロゴロとたくさんの小瓶が出てきた。

「これは……？」

ローガンが訝《いぶか》しむ間に、アメリアはガチャガチャと「これでもない……これも、違う……」とぶつぶつ呟《つぶや》きながら小瓶を物色した後。

「あった……」

薄い緑色の液体が入った小瓶を掴《つか》むなり、一気に喉に流し込んだ。

──変化は一目瞭然だった。

先程まで蒼白だったアメリアの表情に、みるみると血色が戻っていく。

浅かった呼吸は規則性を取り戻し、ぽたぽたと噴き出していた冷や汗が少しずつ引いていった。

「なん……だと……」

「ほほう……これは……」

ローガンが驚愕《きょうがく》し、オスカーが興味深そうに頷く。

落ち着いた様子のアメリアが、大きく息を吐いた。

仕草から見るに、腹痛は治ったらしい。

「……ありがとう、シルフィ。お陰で、なんとかなったわ」

「いえ……私は……」

シルフィは動転していた。目の前で起きた出来事を信じられない、と言った様子だった。

（信じられない……）

ローガンも同じ心境だった。

見たところ、アメリアが小瓶に入った液体を飲んでから症状が一気に落ち着いたように見えた。

あの液体はなんらかの薬と考えるのが普通だろう。

（通常、薬は飲んでしばらくして効き始めるもの……だが、この即効性の高さは……）

公爵貴族という職業柄、上位の薬の効果を見たことは何度かあったがこれほどまでに高い効力を発揮する薬は目にしたことが無かった。

「到着しました！」

そのタイミングで使用人が医者を連れてやってきた。

「急病人とのことで参りました、まずは診断を……」

立派な髭《ひげ》を蓄えた医者は、周囲を見回し「はて？」と首を傾げた。

「……病人は、どなたでしょう？」

◇◇◇

もう大丈夫ですと主張するアメリア。

だが、念のためだと言うローガンの指示により医者に診察して貰った。

「ええ、特に問題はないようです」

医者の言葉に、場にいた面々がほっと安堵《あんど》の息をつく。

「ただ、かなりの栄養失調ですね」

ぴくりと、アメリアの肩が震える。

「あと、睡眠もあまり取れていないと見受けられる。しっかり食べて、寝て、安静にするようにしてください」

そう言い残して、医者は食堂を後にした。

「それで……さっきのはなんだ、アメリア？」

ローガンが、空になった小瓶を指さしてアメリアに尋ねる。

「えっと……回復薬ですね。主にお腹に効く効能の……」

「つまり、胃薬？」

「はい。さっきの腹痛は恐らくですが……ずっと長い間、あまりお腹に物を入れていなかったので、栄養が突然流れ込んできて胃がびっくりしたのかと」

「ようするに……食べ過ぎによる腹痛、ということか？」

ローガンが総括すると。

「お騒がせして申し訳ございません！」

アメリアが、頬を真っ赤に染めて勢い良く頭を下げた。

「完全に私の落ち度でございます……この家の料理が美味しすぎたとはいえ、我を忘れて食べた挙句、お腹を痛めて皆様にご迷惑をかけるなど……淑女としてあるまじき振る舞いでした」

「いや……」

正直なところ、ローガンに怒りの感情は微塵《みじん》もなかった。

本来であれば咎《とが》める場面なのかもしれないが、公の場でもないのにアメリアに対して淑女らしく振るまえと固いことを言うつもりはないし、別に彼女に悪意があっての所業というわけではない。

なんというか、こんなことで叱責するのは器が小さすぎるような気がした。

それよりも何よりも、ローガンは気になることがあった。

「ハグル家には、著名な調合師がいるのか？」

「調合師……？」

ローガンの質問が腑《ふ》に落ちず首を傾げるアメリアに、オスカーが説明する。

「先ほどアメリア様が飲んだ薬は、その即効性といい効き目といい、かなりの効力を持ったものです。王都で手に入る最高クラス、いえ、もっと優れた代物だとお見受けいたしました」

「えぇっ……!?　そうなのですか？」

今初めて知ったようなリアクションに、オスカーの眉がピクリと動く。

「はい。なので、ハグル家には非常に優秀……どころか、王宮に勤仕するレベルの調合師がいらっしゃるのかと」

オスカーの説明に、アメリアは何か居心地の悪そうな、微妙な顔をした。

その変化に気づいたローガンが、眉を顰《ひそ》める。

「アメリア？」

何か、隠していることでもあるのだろうか。

ローガンがアメリアに顔を寄せると。

「……私が、作りました」

「………今、なんと言った？」

悪戯《いたずら》がばれた子供のように目を逸《そ》らして、アメリアは蚊の鳴くような声で言った。

「この薬は、私が作りました」

◇◇◇

「……あれが、まともに読み書きすらできない無能か？」

「ご冗談を」

夕食の騒動を終えて、執務室に戻るなりローガンとオスカーはそんな会話を交わす。

「むしろ、逆かと」

「下手すると、王都に激震が走る天才だな」

ローガンが椅子に深く腰掛ける。

「一体、何がどうなっているんだ」

さっぱりわからんと、大きくため息をつく。

「読み書きに関しては今日、契約書をしっかりと読解できていたことから噂《うわさ》とは違うと思っていたが……あんなとんでもない物を作ったとなるとな……」

もはや、噂の真偽どころではない話になった。

「いや……まだアメリアが薬の自作を偽っているという可能性もある」

「その線は残されておりますね」

あの薬を自分で作ったというのは真っ赤な嘘《うそ》という可能性だ。

むしろそう思う方がまだ信憑《しんぴょう》性《せい》があった。それほどまでに、アメリアが使用したあの薬の威力は桁外れだった。

今になって事の重大さがじわじわと現実感を伴ってくる。

本当なら先の時間に真偽を確かめたいところだったが、今日中に処理しなければいけない書類が多くあったため後日改めて話を聞くことになっていた。

「あのリアクションからして、嘘を言っているようには思えませんが……」

「重々承知だ」

もし、本当にアメリアが作ったものだとしたら。

「ハグル家は……とんでもない逸材を手放した事になるな」

ローガンが考えていると、オスカーが髭を撫《な》でながら思い起こすように言った。

「妙なことに、アメリア様は自身がお作りになった薬の価値を、全く把握していないように見えました」

「同感だ。だとしたら、ハグル家の人間は彼女に薬の価値を知らせていないとか？」

「もしくは、知らない、とか」

「考えられるな」

薬は調合の過程において非常にデリケートで手間暇のかかる代物だ。

大量生産ができないため、ひとつでも非常に高価である。

加えてあの効力となると、ざっと見積もっても一つで庶民の平均月給分の価値はあるだろう。

金に腐心することで知られるハグル家の当主が、アメリアの能力を知っていてあの支度金の額を提示したとは思えない。

確かに少々強気な提示額だったたが、法外というものでもなかった。

薬一つで莫大《ばくだい》な利益を出す娘を、あの額で嫁がせるわけがない。

「そうだ……支度金のこともアメリアと話さねば……」

諸々《もろもろ》のタスクに埋もれて抜けていた。

折りを見て、手続きを進めなければならない。

（やることが盛り沢山だな……支度金のことは、アメリアから話が出たタイミングで詰めるとしよう）

物事には優先順位がある。今は目先の書類処理が第一優先だ。

いま判断を下すのは不可能だった。

「とにかく、今日のことは他言無用だ。あの場にいた使用人、全てに口止めを頼む」

「もちろんでございます」

「それと、アメリアの実家についての調査を急がせろ」

「かしこまりました」

ローガンは頭を乱暴に掻いた後、机に聳《そび》え立つ書類の山に目を向けて深いため息をついた。

◇◇◇

空がオレンジ色に染まる夕暮れ時。ハグル家の離れの庭園にて。

「うえぇぇぇん……おがぁさん……」

幼い少女──四歳のアメリアが、べそをかきながら女性に駆け寄った。

女性はアメリアと同じ髪の色をしていた。アメリアの母、ソフィだ。

「あらあら、転んでしまったの？」

ソフィは膝を折り、アメリアと目線を合わす。

こくりと、くしゃくしゃになった顔でアメリアは頷く。

ソフィが見ると、アメリアの膝が擦りむけて血が滲《にじ》み出ていた。

「あらら……これは痛いわよね」

ソフィは柔らかい笑みを浮かべる。

「待ってて」

ソフィは懐から小瓶を取り出し、それを膝の傷口に振りかけた。

滴り落ちる水色の液体が、オレンジ色の陽光に反射し魔法みたいにキラキラと輝いていた。

「痛いの痛いの飛んでいけー」

ソフィが言うと、アメリアの表情がみるみるうちに明るい色に戻り始める。

「どう？」

「……痛く、ない……」

「良かった！」

ソフィがアメリアの頭を優しく撫でる。

「すごいすごいすごーい！　お母さん、どうやったの？」

「んー、魔法かな？」

「まほう！　私も使えるようになりたい！」

「そっかー」

ソフィの瞳が細くなる。

「アメリアも魔法、使えるようになりたいのね？」

先程とは打って変わって、勢い良く頷くアメリア。

「じゃあ、たくさん勉強したら、痛いの痛いの飛んでいけーが、使えるようになるの？」

「たくさん勉強しないとね」

「もちろん」

にっこりと、ソフィは微笑《ほほえ》む。

「アメリアはお花とか、草を集めるのが好きでしょう？」

「うん！　大好き！」

「実はこの魔法もね、アメリアの好きなお花とか、草をわちゃわちゃーっとしてたら出来るようになるの」

「わちゃわちゃー！ってしたらいいの？」

「そう！　わちゃわちゃーって」

ソフィがオーバーなリアクションをして見せると、アメリアはきゃっきゃと笑う。

「お父さんやメリサも、この魔法を使えるの？」

メリサとは、この離れを担当する侍女のことだ。アメリアの言葉に、ソフィは顔を曇らせた。

「……使えない、かな？」

「どうして？」

「これは、たくさん頑張った人にしか使えない、特別な魔法なの」

「そうなんだ！　お母さん、お父さんやメリサに魔法は教えてあげないの？」

「……ここの人たちにはダメよ」

「どうして？」

無邪気に首を傾げるアメリアに、ソフィは言い聞かせるように言う。

「ここの人たちは……この魔法を悪用して、良くないことをするからよ」

「あくよう……」

「まだわかんないか」

アメリアの頭をぽんぽんと撫でるソフィが、続けて言う。

「アメリアには、私の魔法を全部教えてあげる」

「ほんと!?」

「ええ、もちろん。そしたら……」

まだ何も穢《けが》れを知らない我が子に慈愛に満ちた瞳を向けて、ソフィは言う。

「将来、ここの人じゃない、アメリアのことを大事にしてくれる人が現れたら……その時は、たくさん魔法を使ってあげて」

「うん、わかった！」

大好きな母の言葉を、この時のアメリアは理解していなかっただろう。

でも、それでもいい。いずれわかる時が来ると、ソフィは心の中で思う。

「いい子」

満足そうに、ソフィは笑みを浮かべもう一度アメリアを撫でた。

「それじゃあ、帰ってお勉強しよっか？」

「うん！」

ソフィに手を引かれて、アメリアは家屋へと足を向けた。

◇◇◇

（……なんだか、とても懐かしい夢を見ていた気がするわ）

ヘルンベルク家に嫁いだ翌朝。

自室のベッドの上で、アメリアは寝ぼけ眼を擦《こす》った。

どんな内容だったかは思い出せないが、母と遊んだような気がする。

上半身を起こし、「んー」と伸びをしてから、周囲を見回す。

「夢じゃ……ないのよね」

噛み締めるようにアメリアは言った。これは、現実の話。

昨日まで、目覚めてもアメリアを出迎えるのは埃臭《ほこりくさ》くて薄暗い家屋だった。

今アメリアがいる部屋は広く、清潔感もあり、何よりも明るい。

あまりの落差に、現実感がない。だが、大きな窓から差し込むぽかぽかとした朝陽《あさひ》も、外から聞こえてくる耳心地の良い小鳥のさえずりも、アメリアの五感が確かに捉えているものだ。

――夢じゃない。

その事実に、アメリアは深い安堵の息をついた。

「こんなに寝たの、いつぶりかしら……」

ベッドから降りて、頭が非常にスッキリしていることに気づきアメリアは溢《こぼ》す。

実家にいた頃は、簡易的で小さなベッドに薄っぺらいシーツを敷いて寝ていたため、非常に寝つきが悪かった。背中が痛くなって夜中に目覚めるのは良くある事。

冬の寒い季節などは危うく凍死しかけたこともある。

なので、自分に充てがわれたこのふかふかで大きくて暖かいベッドはまさに天国としか言いようのない天国だった。つまり天国。

「うふふっ」

ばふんっと、なんだか嬉しくなってベッドに身をダイブさせる。

柔らかい、ふかふか、まだ体温が残ってて温かい。

「うふふふふふふふふ」

ごろごろごろごろと、大きなベッドを縦横無尽に転がる。

（一度やってみたかったのよねこれ……!!）

以前、エリンに部屋を自慢された時に大きなベッドを見て、ゴロゴロ転がってみたら気持ちよさそうと思ったものだ。数年越しに夢が叶《かな》って、アメリアのテンションが跳ね上がる。

あまりにもはしゃぎすぎて目算を誤りベッドから落下し「ぶうへっ!?」と変な声が出てしまったのは致し方がないことだろう。

「アメリア様、ご朝食をお持ち……って、何をされているんですか？」

床に這《は》いつくばるアメリアの姿はまるでトカゲのよう。

ちょうど朝食を持ってきたシルフィが不審者を見るような目になる。

アメリアは何事もなかったかのように立ち上がって、真顔で告げた。

「気にしないで。長年の夢が叶って、嬉しさを表現していただけだから」

「はあ、よくわかりませんが……とりあえず、ここに朝食を置いておきますね」

シルフィがテーブルにお盆を置く。

「朝ごはん！」

お腹をすかした子猫のように身体をスキップさせ、アメリアはお行儀よく席についた。

「あら、朝食は胃に優しそうなものばかりね」

水分をたくさん吸った粥《かゆ》に、小さめのサラダ、コンソメスープ、デザートにフルーツが添えられてある。

「旦那様の指示です。胃袋がびっくりしてしまうので、少しずつ慣らしていった方が良いだろうということ」

（やっぱり優しいのね……ローガン様）

シルフィの言葉に、胸のあたりにじんわりと温かいものが灯《とも》る。

アメリアの口元がひとりでに緩んだ。

「昨日のように倒れられたら困りますからね」

「その節はとんだご迷惑をおかけしました……」

「いえ、お気になさらず。……ご無事でよかったです」

少しだけ、シルフィは口角を持ち上げた。

優しい朝食を口に運びながら、昨晩の一幕を思い返す。

胃もそんなに強くないのにバクバクと料理を胃に入れて腹痛を起こすなど、どこのわんぱく坊やの所業か。完全なやらかしである。

（でも……未《いま》だに信じられないわね……）

腹痛を緩和するために使った自分の薬が、どうやら凄《すご》かったっぽい。

ローガンはアメリアが使った薬の威力に驚愕していた。

オスカーに至っては、その薬は王都の最高クラスの品と言っていた。

（いまいち、実感がないわ……）

レタスを齧《かじ》りながら、考える。

薬の調合は、アメリアの唯一と言っていい趣味だ。

母の教えと、書庫に並んでいた本の知識を元に、母が残してくれた薬草の種を育て、それを離れの庭園に生えていた植物と色々組み合わせて作っている。

父に押しつけられた書類仕事以外の時間は全て植物採集と調合に時間を割き、自分の身体を使って実験に明け暮れ、効果の高い薬ができた時は手を叩《たた》いて喜んでいたものだ。

アメリア自身も、結構良い出来だという自負はあったが、まさかそれが公爵様もびっくり仰天な効力を持っているなど夢にも思うまい。

アメリアの調合スキルに関しては後日、ローガンからヒアリングを受けることになっている。

（面倒なことにならないといいけども……）

母の言葉を思い出す。

——ここの人たちは……この魔法を悪用して、良くないことをするからよ。

今なら、その意味がわかる。アメリアが望むのは、平和で気楽な日々だ。

自分の能力が、悪い方向に使われるのは真平ごめんである。

温かいスープを啜《すす》りながら、改めて思った。

「本日はどのようなご予定で？」

朝食後、シルフィに尋ねられた。

「予定……」

特に考えていなかった。

（そもそも……公爵様の奥さんって、普段何をしているんだろう……）

契約書では、特に仕事が課されるわけでもない。つまり暇であった。

「あ！　じゃあ是非ともお庭に！　どんな草花があるのか、とても気になって……」

「いけませんよ」

目を輝かせるアメリアに、シルフィがぴしゃりと言う。

「昨日、お医者様に安静にしておきなさいと言われたじゃありませんか」

「ローガン様にも、くれぐれも無理はさせぬようにと言いつけられておりますので、屋敷内で行動するようお願いします」

「う……そうだったわ」

「……わかったわ」

しょんぼり肩を落とすアメリアにシルフィはくすりと笑って言う。

「そんなに落ち込まなくても、草花は逃げませんよ。三日ほど安静にしたら出歩いても良いと言われているので、その時は連れて行って差し上げますよ」

「！！！」

アメリアの表情にぱああっと満開の花が咲く。

「うん！　楽しみ！」

ほくほく顔のアメリアを見て、シルフィは内心で（単純だ……）と思ったのは言うまでもない。

「あ、そうだ……」

ふと、アメリアは自分の身体がじっとりと汗ばんでいることに気づいた。

そういえば、昨日は疲労でそのまま寝てしまっている。

「まず身体を拭きたいのだけれど、濡《ぬ》れたタオルとか、あったりする？」

アメリアの質問に、シルフィは瞳をきゅぴんと光らせた。

◇◇◇

「いや……身体を拭きたいとは言ったけども……」

まさか、全身まるごとお湯に浸すことになるとは、思ってもいないアメリアであった。

熱めのお湯に肩まで浸《つ》かりながら、アメリアは回想する。

——せっかくなので、お身体ぜんぶをきれいきれいしちゃいましょう。

どこか嬉しそうにそう言ったシルフィに連れられやってきたのは、お風呂だった。

アメリアも、東洋にそういう習慣があるということを知識だけでは知っていた。

しかしアメリアが知っているお風呂は、ひと一人分のサイズの湯船にお湯を張って浸かるもので、断じて部屋一つ分はあろうかと思うほどの広さの溝になみなみのお湯が注がれたものではない。

先代様が東洋の文化に感銘を受けて作らせたというもので、シルフィは『大浴場』と言っていた。

シルフィは「それではごゆっくり」と、拭く物や着替えの場所をレクチャーしてどこかへ去っていった。

ひとりでじっくりと楽しんでという、彼女なりの気遣いだろう。回想終了。

「こんなに大量のお湯を惜しげもなく使うなんて……」

常温の水を温めるだけでもかなりの労力が必要なはずだ。

改めて、公爵様は凄いんだなと実感する。大浴場の内装は大理石作りで真っ白だった。

等間隔で白磁の彫刻が模されており、神話のような世界観を形作っている。

湯船からはほかほかと湯気が立っていて視界は悪いが、天使を模した彫刻が持つ大きな壺《つぼ》からじょばじょばとお湯が流れ出ているのは見えた。

「どんな仕組みなんだろう……」

知識欲の強いアメリアは気になったが、じきにどうでも良くなってきた。

実家にいた頃を思い起こす。

身体を清めるとなると、濡れた布で身体を拭くか桶《おけ》に入れた冷たい水で身体を濡らすかが定番だった。当然、お風呂に入った経験なんてあるわけがない。

熱いお湯に全身を浸すなんて、最初はおっかなびっくりだったが入ってみてすぐに確信した。

あ、これは最高のやつだ……と。

「気持ちいい……」

紛れもない事実だった。

生まれて初めてのお風呂というものは、想像以上に極楽だった。

身体に溜《た》まった疲労とか、穢れ的なモノとかがじわじわと昇華されていく感じ。

アメリアは心を無にして、その感覚を楽しむことにした。

「こんなに幸せで、いいのかしら……」

想像していた場所よりずっと良くて、怖さを覚えてしまうくらいだ。

今この瞬間も全て夢で、本当は婚約の話なんて嘘だったんじゃないかとすら思えた。

夢だとすると、怖い。温かい湯船に浸かっているはずなのに思わず身震いしてしまう。

「あ……支度金……」

昨日からバタバタしていたのですっかり忘れていた。

ついたらすぐに支度金を送金するよう父に言われていたが……。

「なんか……どうでもよくなってきたわ……」

お湯に浸かっていることにより頭がぼーっとし始めてそう思ったかは、わからない。

アメリア自身、生まれてから今まで家族から受けた仕打ちについて、怒りがないわけではない。散々こき使った上に最後はお金に換えて売ったも同然なのに、なんで私がそんなことしないといけないのという反骨心はある。

もう当分顔も見たくない家族のことを思い出して、胸中に灰色のわだかまりが浮かび上がった。

「いけない、いけない……」

せっかくお風呂を楽しんでいるのに、水を差すようなことを考えてしまっていた。

「……支度金のことは、ローガン様が話を出してから、でいいか」

ぼんやりとした頭でなんとなくそう決めて、アメリアはもう一度肩まで身を沈めた。

——こうして、支度金の件は双方の意識の外に追いやられてしまったのである。

◇◇◇

「わっ……誰かと思いました」

お風呂上がり。

新しいドレスに着替えて脱衣所を出ると、待機していたシルフィが口に手を当てて言った。

「そ、そんなに？」

「はい。お肌の汚れも取れて、髪も艶々になって……見違えました」

サバサバとした物言いのシルフィだからこそ、心の底からの言葉であることがわかった。

「髪の艶に関しては、シャンプーのおかげね」

「わかります。私も初めて使った時には、こんな素敵なものがこの世にあるものかと感銘を受けた覚えがあります」

髪にしっとり馴染《なじ》ませて水で流すと、信じられない艶が出る魔法のアイテム、シャンプー。

シルフィ曰《いわ》く、精油にココナッツミルクやハチミツなどを混ぜて作るものらしい。

（精油と混ぜると言うことは、自由に香りを変えられるということよね……ラベンダーとすずらん……いえ、ネメシアとかも……）

アメリアの調合癖が疼《うず》き始めた。

いつか、成分の正確な配合率や調合工程を調べて、自分のオリジナルのシャンプーを作ってみたいと思った。

「あとはたくさん食べて、肉付きを良くしていかないとですね」

アメリアの体軀《たいく》を見回しながらシルフィが言う。

「お、お腹を痛めない範囲で頑張るわ……」

「そして何よりも、ドレスとアクセサリー。どこかのタイミングで買いにいかないとですね」

アメリアが着ているドレスは実家から持ってきたものだ。

ドレスなんて高価なもの、実家では滅多に買い与えてもらえなかった。

買ってもらえても安くて地味なものばかりだった。

持ってきたドレスは全て、お世辞にもお洒落《しゃれ》とは言い難く、なんならよれよれで所々燻《くす》んでいる。

とても、公爵家当主の婚約者が着用しているドレスとは思えない。

「でも、私なんかが着飾っても……」

「何を仰《おつしゃ》るんですか」

視線を落として自信なさそうに言うアメリアの手を取って、シルフィが言う。

「アメリア様はベースがとても良いのですから、しっかりと標準まで体重を戻して、ちゃんとおめかしすればきっと……いいえ、絶対に化けます」

「そ、そうなの……?」

「ええ、間違い無いです。私が保証します」

真面目腐った表情で深く頷くシルフィはお世辞を言っているとは思えない。

ただ今まで、醜穢《しゆうわい》令嬢やら骨やら散々な言われようだったから、自分の容姿を褒められるなんて初めてで、実感が湧かない。

(でも……)

「……ありがとう。そう言ってくれて、嬉しいわ」

心の底から、そう思った。

自己肯定が地に落ちているアメリアにとって、誰かに褒められると言うのは天にも昇る心地にさせてくれるものだった。

意図せず、頬がにやけそうになるのを誤魔化すように、アメリアはシルフィに背を向ける。

「さて、一旦部屋に戻りましょう」

「かしこまりました」

自室への帰り道は、行きと比べると足が非常に軽いアメリアであった。

◇◇◇

お風呂の後は屋敷内を散策しようと考えていたが、体温が上がったためか気持ちの良い眠気がアメリアの身に到来した。

「お休みになりますか?」

「いや……なんの、これしき……」

とは言ってみるものの、足取りはおぼつかない。

そのうち瞼《まぶた》が意思に反して降りて来てしまい、身体がふらーっと横に倒れた拍子に壁にごっつんした。

「あいてっ」

「お休みになった方が良いですね」

それでもなお部屋とは逆方向に向かおうとするアメリアの両肩をそっと摑んで、シルフィが回れ右をする。

「私も初めてお風呂に入った時はそうなりました。ポワポワして気持ち良いですよね？　今、お布団に入ればぐっすり眠れますよ」

「ここは天国かしら……？」

「いいえ、邸宅です」

結局、シルフィに導かれて自室に戻るなりアメリアはベッドに倒れ込んだ。

「アメリア様、せめて布団をお被《かぶ》りになってください」

「ん……」

のそのそと芋虫のように身体を動かして、布団の中に潜り込む。あったかい。

「一応、お昼の時間にまた伺いますが、気にせずお休みください」

シルフィの声に、アメリアはこくりと小さく頷く。カーテンが閉められ、部屋が暗くなった。

「それでは」

ガチャリとドアが閉まって、部屋がしんと静まり返る。

「……きもちいい」

シーツはいつの間にか新しいものに替えられており、お日様の匂いが鼻《び》腔《こう》をくすぐった。

お布団は相変わらず大きくてふっかふかで柔らかく、小柄なアメリアを聖母のように包み込んでくれる。お風呂上がり、最高のベッド、程よい暗闇。

睡眠の好条件三拍子が揃《そろ》ったアメリアを邪魔するものは、何もなかった。

（やっぱり……ここは天国ね……）

もう二度と実家に戻りたくないと心の底から思うほど、この家での待遇は格別だった。

（この生活を死守するためにも、ローガン様に見限られないようにしないと……）

嫌われて、婚約破棄でもされたら目も当てられない。

あの家に戻るのは、死んでもごめんだ。

自分がおっちょこちょいで、抜けているという自覚はある。

「のろま」「愚図」「鈍臭い」と実家で散々に言われてきた自身の性質が、ローガンの怒りに触れてしまわないか心配でならなかった。

（なるべく……おっちょこちょいなところを……見せないように……しないと……）

そんな決意をしているうちに、いつの間にか眠気が限界に来ていた。

ぽかぽかと心地の良い温《ぬく》もりに身を任せて。

アメリアの意識は微睡の底に落ちていった。

◇◇◇

——どのくらい寝てしまっていただろう。

そっ……と前髪に何かが触れる感触で、アメリアの意識が覚醒する。

シルフィが窓を開けてくれたのかしらと一瞬思うが、感触に温もりがあった。

ゆっくりと、瞼を持ち上げる。

「起こしてしまったか」

聞き心地の良い低い声。アメリアの視界に、むっすり顔のローガンが映った。

心臓がひやりと跳ねる。

「ロ、ローガン様!?」

驚き、寝た体勢のまま後ろに身を引いてしまう。

——ゴツッ!

その拍子に、ヘッドボードに頭を打ちつけてしまった。

「大丈夫か……?」

予想以上に大きな音がして、ローガンの声に焦りが滲む。

「だ、だいじょうぶ、です……」

言葉に反しアメリアの後頭部はじんじんと痛みを発していたが、それどころではない。

(早速やらかしてしまったわ……!!)

おっちょこちょいなところを見せない宣誓を早くも破ってしまった。

そのことに、アメリアは血の気がさーっと引いていくのを感じた。

寝起きでびっくり仰天してヘッドボードに頭を打ち付けるという、どう見ても鈍臭い生娘のような醜態を晒《さら》してしまった事にアメリアは焦りに焦った。

呼吸は浅く、冷や汗はダラッダラ。

寝起きということもあり軽いパニック状態である。

——そんなアメリアの姿を、ローガンは痛みに呻《うめ》いていると勘違いした。

「大丈夫じゃ……なさそうだな。ちょっと見せてみろ」

ローガンが、アメリアに覆い被さるように身を乗り出す。

「あ……」

思わず声が漏れた。

ふわりと漂う、シトラス系の甘い香り。鼻先をくすぐる銀の髪。

視界を覆うローガンの胸板は服の上からも隆起していることがわかる。

思いがけないゼロ距離に、アメリアの体温が急上昇した。

アメリアが打ちつけた箇所を、真面目な表情で見るローガン。

その様子たるや、ローガンがアメリアの頭を抱き締めているようにしか見えない。

バクバクと高鳴る自分の心音がローガンに聞かれていないかと、アメリアは気が気でなかった。

「ふむ……血は出ていない……切れてはいないようだな」

至近距離から聞こえてくるローガンの声に、バクバクに拍車がかかる。もし切ってしまっていたら、アメリアは頭からぴゅーっと噴水のように血が吹き出していたことだろう。

「少し触るぞ……痛いか？」

「いぇ……」

緊張と羞恥から呟かれたアメリアの返事は蚊の鳴くような声で、ローガンの耳に届かない。

深刻な顔で、ローガンは呟く。

「……念のため、医者を呼ぶか」

「いえいえいえいえいえいえ大丈夫です大丈夫です大丈夫ですから！」

こんなことでお手間をかけさせてしまうわけにはいかないと、アメリアは理性に鞭打《むちう》って冷静さを取り戻した。

「少し打ちつけただけで、痛くはないです。本当に、大丈夫です！」

「しかし、先程は様子が変な気がしたが」

「それは、その……少し、驚いたと言いますか」

「ああ、なるほど……」

合点がいったという様子のローガンが身を引く。

「驚かせてしまってすまない。思わず触れてしまった、許せ」

「い、いえ……とんでもないです……」

むしろ、こちらこそ昨日に引き続きとんだ醜態を見せてしまい申し訳ない気持ちだった。

ぷしゅーと、アメリアの頭から湯気が吹き出す。

ふと、ローガンが何かに気づいたのか、じっとアメリアを見つめて言う。

「風呂に入ったのか」

「は、はい。シルフィに案内していただきました」

「なるほど」

少し逡巡《しゅんじゅん》するそぶりを見せた後、ローガンは一言。

「綺麗《きれい》になったな」

また、心臓が跳ねた。

不意打ちによる驚きと、気づいてくれたんだと言う嬉しさ。そして自分とは縁がないと思われていた言葉──綺麗──が、アメリアの胸の奥にじんわりと染み渡っていく。

（……ううん、思い上がってはダメよ）

アメリアは頭を振った。

ローガンはあくまでも衛生的なことを言っているのだ。

決して、容姿のことを言ってるわけではない。きっと、そうに違いない。

今まで言われ続けてきた心無い言葉で、アメリアは自分の容姿についてすっかり自信を失っている。変な勘違いはのちのち傷つくだけと言い聞かせるものの……頬が緩むのを制御できない。

これはいけない、だらしのない顔にも程がある。

「ロ、ローガン様はなぜここに?」

話題を変えるべく、そもそもの疑問を口にする。

聞かされていた話だと、あと三日ほどは仕事が修羅場だと聞いていたのだが。

「様子を見に来た。午前の仕事が思ったよりも捗《はかど》ったから、顔でも見ておくかと思って。次の予定もあるから、直に行かねばならない」

「なるほど……」

やや間があって、ローガンが続ける。

「昨晩の件もあったからな。多少は、な」

(ああ、そうか……)

僅かに目を逸らすローガンを見て、アメリアは思い至る。

(心配、してくださったのね……)

先程の頭を打ちつけた時といい、昨日の件といい。この方は、第一に自分の身を案じてくれる。

その事実に、何故《なぜ》か瞳の奥が熱くなった。

「何をそんなににやけているのだ」

「いえ……ただ……噂とはあてにならないものだなと」

「噂?」

しまった、とアメリアは口に手を当てる。

「気を悪くされたら申し訳ないのですが……」

「良い。話せ」

逡巡した後、アメリアは口にする。

「……暴虐公爵」

ぴくりと、ローガンの眉が動く。

「ローガン様は……その、怒りっぽくてすぐ暴力を振るうことから、そのように言われていると聞いていました」

「……なるほど、噂はそこまで発展していたのか」

「発展？」

「半分本当で、半分デマ、というところだ」

淡々とローガンは続ける。

「あまりにも結婚をしたくなくてな。令嬢たちが結婚をしたくなくなるような噂をいくつか流したのだ。そのうちの冷酷、無慈悲、堅物あたりが曲解されていったのであろう」

ここで初めて、ローガンが目を伏せる。

「……まさか、女性に手を上げるとまで拡張されているとは、思いもしなかったがな」

「なるほど……そういう経緯があったのですね」

ふむふむと頷きながらアメリアは深く納得していた。

だって余りにも、ローガンの言動は噂とかけ離れていたから……。

ローガンは自嘲気味に続ける。

「頭が硬い、無愛想、冷たい、というのは事実だからな」

「い、いえっ……!!」

アメリアが声を上げる。

「ローガン様は……とても優しいお方だと思います」

「……俺がか?」

「はい、とても」

ローガンの瞳をまっすぐ見て、アメリアは浮かんだ言葉をそのまま口にする。

「こんな優しい方が婚約者様で良かったと、心より思っております」

淀《よど》みないアメリアの断言に、ローガンは所在なさそうに頭を掻いた。

「もの好きだな、君は」

「ローガン様ほどではありませんよ」

……そういえば、何故自分が指名されたのだろう。

そんな疑問が浮かんだと同時に、ローガンが尋ねてきた。

「しかし……よく嫁いできたな」

「え？」

「いくら公爵とはいえ、普通そのような噂が立っている男に嫁ごうとは思わないだろう？」

至極当たり前なローガンの指摘。アメリアは俯《うつむ》き、言葉を溢した。

「……それしか、私に道はなかったのです」

纏《まと》う空気が明らかに変化したアメリアに、ローガンが眉を顰める。

「それは、どういう……」

——コンコンッ。

その時、ドアのノック音が部屋に響いた。

「失礼致します……おや、お取り込み中でしたかな？」

オスカーだった。

二人を見るやいなや、ニコニコではなく、ニマニマとした笑みを浮かべる。

「何も取り込んではいない」

「左様ですか」

オスカーは冗談めかしく残念そうにしてから、真面目な表情に切り替えて言った。

「ローガン様、そろそろ」

「……ああ、わかった」

すっくと立ち上がるローガンが、最後にアメリアの方を向いて言う。

「また、合間を見て顔を出す」

「は、はい！……あ、そうだ！」

アメリアはふと思い出し、ベッドから降りて戸棚を漁《あさ》る。

そこから小袋を一つ取ってローガンに差し出した。

「これは？」

「ダージリンです。香りもいいので、こちらは紅茶にして飲むのが良いと思います。リラックス効果と疲労回復効果がありますので」

「ほう……」

思う、と表現したのは紅茶で飲んだことがないからだ。

実家にいた頃は紅茶を作る器具などなかった。そのためアメリアは、疲労が限界になるたびにこの葉をバリボリと貪り元気を注入していたものだ。

「結構、お疲れのようでしたので」

ローガンの目元にできたクマを、アメリアは心配そうに見つめて言う。

その言葉に、ローガンは瞳を瞬かせていたが、やがてふっと小さく笑って小袋を受け取った。

「ありがとう……仕事の合間に頂くとするよ」

ローガンが言うと、アメリアは満面の笑みを浮かべて「どういたしまして！」と答えた。

そんなアメリアを見て、ローガンはぽりぽりと頭を掻く。

「では、行ってくる」

「はい、行ってらっしゃいませ」

ローガンが立ち去る。

短い時間だったが、ローガン様とお話ができてよかったとアメリアは思った。

気が抜けて、アメリアは再びベッドに身を倒す。

その後もしばらくの間、アメリアの体温はずっと高いままであった。

◇◇◇

「支度金はまだ届かぬのか!!」

ハグル家の執務室に、セドリックの怒号が響き渡った。

「ええいどうなってる！　もう五日だぞ！　五日！」

昔はそれなりに色男だったセドリックも、加齢と怠惰と贅沢《ぜいたく》には勝てない。

肥え太った身体をわなわなと震わせ、当てつけとばかりに側近を睨《にら》んだ。

側近は顔を強張《こわば》らせ、怒声に耐え忍ぶしか無い。

セドリックが待ち侘《わ》びている支度金に関する情報は、側近すら何も得ていないのだから。

アメリアがヘルンベルク家に嫁いでもう五日が経《た》つ。

あれだけすぐに支度金をと念を押したにも拘《かか》わらず、未だ進捗報告の便りも無い。

ローガン公爵は非常に多忙な方で、国政絡みの重要な仕事に日々邁進《まいしん》されているというのは聞き及んでいる。

そのため、そもそも支度金のことを後回しにしている可能性が高い。

「だから、着いたらすぐに話せと念を入れたんだろうが……」

セドリックは忌々しげに拳を握り締める。

「愚鈍なアメリアのことだ、きっと忘れているに違いない」

あの穀潰《ごくつぶ》しめ、とセドリックは言葉を漏らした。

本来であれば山に捨て置いていたはずの身を十七年間生かしてやったにも拘わらず、なんて恩知らずな。ただただ邪魔な存在だったのを、最後の最後に金という形で価値を与えてやったにも拘わらず、それに背くとは。

アメリアが十七年間、どんな気持ちで過ごしてきたかなど微塵も興味のないセドリックは、ただただ怒りに震えていた。

「お父様ー！」

その時、執務室のドアを勢いよく開け放って愛娘《まなむすめ》のエリンがやってきた。

ふわりとした金髪を靡《なび》かせ、ドレスを慌ただしく揺らしながらセドリックの元にやってくる。

「こらこらエリン。入ってくるときはノックをしなさいと言っただろう」

「お父様、ごめんなさい。思わずノックを忘れてしまうくらい、大事な用事があったの」

うるうると瞳を潤ませるエリンを見て、先程までの怒りは何処《どこ》へやら。

セドリックの口元が思わず緩む。

「そうかそうか、であれば仕方がないな。それで、大事な用というのはなんだい？」

エリンは良くぞ聞いてくれましたと言わんばかりに瞳を輝かせた。

「お父様！　私、新しいドレスが欲しいの！」

「ドレス？」

「ええ！　エドモンド公爵家のお茶会に誘われまして、それに着ていく新しいドレスを買いたいなと思って！」

「ああ、なるほど、ドレス、ドレスね……」

いつもならすぐさま「好きなのを買いなさい」と言うところだが、アメリアの支度金がまだ入っていないこともあり、セドリックは若干渋い顔をした。

「しかしエリン、ドレスは確か百着以上持っていただろう？　その中のどれかを着ていくことはできないのかい？」

父の返答に、エリンは不満げに口を尖《とが》らせた。

「今あるドレスじゃダメなの！　この前街に出かけた時に見つけた、今流行のシャレルのドレスがどうしても欲しいの！」

瞳を潤ませ甲高い声を撒《ま》き散らすエリン。

「お父様は私に、由緒あるエドモンド公爵家のお茶会に流行遅れの芋っぽいドレスを着て行っても良いって言うの!?」

アメリアに愛情を向けなかった分、エリンはそれはそれは大事に育てられ絵に描いたような我儘《わがまま》娘になってしまった。

しかし、侍女との不貞というどん底の折、天からの恵みのように誕生した娘にセドリックは盲目になっていた。

今回も娘のお願いに押され、セドリックはこくこくと頷いた。

「あ、ああ……わかった、わかった。お父さんが悪かったよ、好きなのを買いなさい」

その言葉にエリンはすっと涙を引っ込める。

それからにっこり百点満点の笑顔でセドリックの肩に抱きついた。

「ありがとうお父様！　だーいすき!!　愛してる！　エリンの願いをなんでも叶えてくれる、世界一のお父様！」

「ああ、もちろんだよ。私も、エリンを愛している」

引き攣《つ》った笑みを浮かべるセドリックの頬に、エリンがちゅっとキスをする。

それだけで、セドリックは満足そうに頷いた。

「それじゃお父様、ドレスの件お願いね！」

エリンがるんるんとスキップしながら執務室を後にする。

愛娘に愛していると言われキスまで貰ってしばらくデレデレしていたセドリックだったが、じきにハッと我に返った。

「くそっ……マズいな……」

勢いで購入を約束してしまったが、正直なところ今のハグル家にそんな余裕はない。

エリンだけならまだしも、妻のリーチェも宝石集めが趣味の大概な贅沢者だ。

妻の宝石と娘のドレスで栄えある我が家が破産など、醜聞にも程がある。

「どれもこれも、アメリアのせいだ‼」

深く考えることを放棄し、典型的な老害と化したセドリックは最終的にそう結論づけた。

ダンッと机に打ちつけた皺《しわ》だらけの拳を、セドリックはぷるぷると震わせた。

「おい」

「はっ……」

一連のやり取りの中で空気と化していた側近に、セドリックは命じた。

「メリサをヘルンベルク家に遣いに向かわせろ。そして迅速に支度金を回収させてこい」

「しょ、承知致しました！」

苛立《いらだ》ちを隠そうともしないセドリックの気迫に、側近は逃げるように執務室を出て行った。

第三章 ヘルンベルク家での生活

ヘルンベルク家に嫁いで三日間のアメリアの生活は一言で言い表すことができる。

まさに、『夢の生活』だ。

好きなだけ寝て、好きなだけ食べて、好きなだけお風呂に入った。

日中は屋敷内を散歩したり、その道中で見つけた図書室で本を読んだり、使用人の方と談笑したりして過ごした。

最初はハグル家によって流された噂《うわさ》を鵜呑《うの》みにして距離を置く使用人もいたが、専属侍女シルフィが等身大のアメリアの評判を上書きしてくれた上に、実際のアメリアの真面目で人懐こく、しかしどこか抜けている人柄に警戒を解きすぐに打ち解けた。

アメリアは、心身ともに充実した生活を送っていた。

これを夢の生活と言わずしてなんと言うのか。

字面だけ見ると不健康生活な印象も受けるが、午前中にしっかりと起きるし、食事もシェフが栄養バランスを考えたものでむしろ健康的であった。

今まで生活が崩壊していたアメリアにとって、ヘルンベルク家での生活は、目にわかるほどの変化を身にもたらした。

寝不足によって出来ていたクマはすっかりと消えて無くなり、たっぷりと栄養を摂《と》り続けたことで少しずつ肌の血色も良くなっていってる。

相変わらず骨令嬢と言われても仕方がないヒョロガリ具合だが、ヘルンベルク家に来てから食に目覚めなんでも美味《おい》しい美味しいと食べ続けていることから、アメリアが平均体重に到達するのはそう遠くない未来であろう。

「ふふーん♪　ふふーん♪」

「ご機嫌ですね、アメリア様」

「あ、わかっちゃう？」

朝のお風呂上がり、自室にて。

髪を梳《と》かしてくれているシルフィに、アメリアはお菓子を買ってもらった子供のような笑顔を向けた。アメリアの上機嫌の理由を知るシルフィも、ふっと小さく笑う。

「いよいよですものね」

「ええ、待ち侘《わ》びたわ」

——そう。

今日は待ちに待ったお庭散策の日。

初日にぶっ倒れ安静の命を受けるのも今や大昔のように思える。

実家にいた頃は毎日欠かさず植物を愛《め》でていたアメリアにとって、七十二時間も自然と触れ合えないのは死活問題であった。

禁断症状が爆発して奇行に走らぬよう、実家から持ってきた植物たちで気を紛らわしていたもののやはり生には勝てない、生には。

それぞれ違う匂いを演出してくれる草々、瞳に宿しているだけで頬が緩んでしまう愛らしい花たち、芳《かぐわ》しい土の香り、燦々《さんさん》と輝く太陽……。

自然を司《つかさど》る一つ一つが神秘的で、愛《いと》おしくて、我が身の一部と言っても過言ではなかった。

自然と触れ合えないこの三日間を思い起こす。

屋敷の窓を隔てて眺めることしかできない口惜しさたるや、神によって仲を引き裂かれた想《おも》い人《びと》を焦がれるような日々だった。

しかし、それも今日で終わり。終わりだ。

今、会いに行くからね……。

「むふ……むふふ……むふふふふふふ……」

「アメリア様、怖いです」

◇◇◇

アメリアがめでたく裏庭デビュタントを果たした本日の天気は快晴。

時刻は昼過ぎ。

雲ひとつない澄んだ青空が、ヘルンベルク家の裏庭とアメリアを見下ろしていた。

「こ、これが裏庭……!?」

アメリアは驚愕《きょうがく》した。屋敷の敷地が広いため裏庭もかなりの規模なんだろうなと見当をつけていたが、予想を遥《はる》かに超える広さの裏庭がアメリアの目の前に広がっていた。

青々しい野原はたくさんの草花が咲き誇っており、アメリアが全力疾走して息切れしてもまだまだ続くほど広い。

そしてその奥には様々な種類の木々が生えており、入ってしまうと迷って出てこられなくなりそうだ。手入れはほどほどにされているとのことだが、そもそもこの広大なエリアに手を入れ切るのは不可能だし、客人に見られる場所でもないため荒れている箇所もある。

もっとも、植物たちが好き放題に生え散らかしているというのもアメリアにとっては僥倖《ぎょうこう》極まりないことでもあるが。

「それにしても……」

兎《と》にも角《かく》にも、広い。すんごく広い。

ローガンには好きにしていいと言われたが、こんなの一日で散策し切れるわけがない。

(こんなの……こんなの……)

きらりんっと、アメリアの双眸《そうぼう》に光が弾《はじ》ける。

「最高じゃない……!!」

新鮮な空気を肺に思いっきり入れたあと、アメリアは脱兎《だっと》の如《ごと》く駆け出した。

アメリアの脇には、一冊の大きな本。

全体的にボロボロで汚れた表紙には『植物大全』と書かれている。

「これはレンゲ！　あ、これはアカツメクサ！　すごい！　ヒメウズの花もある！　あれ、これは……なんだろう？」

走り、しゃがみ、時折本を見て「あ、なるほどこれは……」と呟《つぶや》き頷《うなず》くアメリア。

そんな、水を得た魚のように活発的な動きを見せる彼女を眺める初老の執事が一人。

「おっほっほ……若くていいですのう」

オスカーは、口元の髭《ひげ》を撫《な》でながら微笑《ほほえ》ましそうに呟いた。

……元々、この裏庭散策にはローガンが同行する予定だった。

しかしローガンは今日もみっちり予定が入ったため、手が空いたオスカーがアメリアの植物採取に付き添い……もとい、監視することになった。

監視の目的は……『アメリアが本当に自分で薬を調合しているのか』の判別。

アメリア曰《いわ》く、薬は数々の植物を組み合わせて調合していたとのことだったため、此度《こたび》の植物採集の様子を見ればそれがわかるはずだという思惑だった。しかし……。

「ふむふむ……アグワイナの花蜜と、タコピーの原液を比率２：１で混ぜると……なるほど！　より強力な滋養強壮剤ができるのね！」

（何を言っているのか、さっぱりわかりませぬな）

薬学知識など皆無に等しいオスカーには、アメリアの言動が正確な知識に基づいているものなのかはわからない。

アメリアの口からすらすら出てくる言葉は全て邪神を呼び寄せる呪文か何かに聞こえていた。

（……まあ、折を見て質問するのが良いでしょう）

オスカーとて、御歳《おんとし》六十を数える人生のベテランだ。

相手が演技をしているのか、実《まこと》から行動をしているのかくらい見分けはつく。

それでいうと、アメリアがでたらめや嘘《うそ》を言っているようには見えない、というのがオスカーの所感であった。

とはいえ、調合スキルの真偽については念には念を入れて確かめたい、というのが本音であった。

それほどまでに、アメリアの持つスキルは重要なファクターになっていた。

下手すると、今後の国家を左右するかもしれないほどに。

（もしアメリア様のスキルが本物であれば……いや……）

それは、使用人である自分が考えることではない。

大きく息をついて、オスカーは妖精のように自然と戯れるアメリアを目で追うことに集中するのであった。

しばらくして、ほくほく顔のアメリアが軽く息を切らして戻ってきた。

「楽しんでおられますかな？」

「はい！　とっても！」

今日の太陽にも負けない良い笑顔を弾けさせるアメリアが、オスカーの前にやってきてペコリと頭を下げる。

「今日はお付き合いいただきありがとうございます」

「とんでもございません。万が一にも林の奥にいかれて帰って来られなくなったりする事がないよう、目を光らせておきますゆえ、アメリア様はごゆるりと楽しんでください」

「あはは……」

否定できない。

「それでは、そろそろに休憩しましょうか」

いつの間にか机と木椅子セットを手にしたオスカーが言った。

「わっ、素敵ですね。ありがとうございます、オスカーさん」

「オスカー、で良いですよ。あと敬語もやめましょう。使用人と主人の関係ですゆえ」

「え、でも……」

アメリアからするとオスカーは歳上も歳上である。

呼び捨てで敬語もやめるとなると、抵抗があった。視線を彷徨《さまよ》わせるアメリアに、オスカーは言い聞かせるように口を開く。

「謙虚さは美徳ではありますが、仮にもアメリア様は公爵夫人となられるお方。使用人に遜《へりくだ》ってい
ては、周りの見え方的に少々都合が悪いでしょう」

アメリアは先日、シルフィと同じようなやりとりをしたことを思い出した。

貴族社会にほとんど身を置いてこなかったため、この手の慣習には未《いま》だに不慣れな部分が多い。

（でも、これからローガン様の妻となるのであれば……）

ヘルンベルク公爵夫人として、恥ずかしくない言動を取らないといけない。

「わかったわ……オスカー」

「結構。それでは、そろそろ休憩時間といたしましょうか」

「……そうね。昨日までずっと家に引きこもっていたので……休み休みいきましょう」

どこかぎこちない平常語で言うアメリアにオスカーは満足そうに頷いた。

「では準備いたしますので、少々お待ちを」

オスカーが机と椅子を並べるために前屈《まえかが》みになって……。

「あいたたっ……」

「オスカーさん⁉」

腰を押さえて表情を歪《ゆが》めたオスカーに、アメリアの声が響いた。

「大丈夫ですか……⁉」

腰を押さえ前屈みになったオスカーに、アメリアが声を掛ける。

突然の事態に、無意識に敬語に戻ってしまっていた。

「ご安心を」

アメリアにオスカーが掌《てのひら》を見せる。

「それよりアメリア様、敬語に戻ってしまっております」

アメリアが「はっ！　ほんとだ！」と言ってる間に、オスカーが「ふんぬっ!!」と気合の入った声と共に腰を伸ばした。

バキゴキッと、あまり身体《からだ》からは響いてほしくない音が鼓膜を叩《たた》く。

「いやはや、お見苦しいところをお見せし申し訳ございません」

腰を回しながら、オスカーが何事も無かったかのように言う。

「腰の調子、良くないの？」

「お恥ずかしながら」

ぽりぽりと頭を掻《か》きながらオスカーは言う。

「最近、座り仕事が多いゆえ、凝り固まってきているようでして。昔はへっちゃらだったのですが、やはり歳には勝てませんのう」

ほっほっほと、余裕ぶった笑顔を見せるオスカー。

しかし彼の右手が、そっと腰を摩《さす》っているのをアメリアは見逃さなかった。

「ちょっと待ってて」

先程までの無邪気な女子のような雰囲気から一変。

研究者を思わせるような表情になったアメリアが駆け出した。

「アメリア様？」

オスカーの声がけも構わず、アメリアは草原に舞い戻り腰を下ろす。

「えっと……ラムーの葉をこのくらいと、ラングジュリの花をこのくらい……もうちょっと、ブーメイル草もあった方が良いかな……」

ガサガサゴソゴソと、草原のあちこちに行ってはしゃがんで、ぶつぶつ呟いて植物を採取するアメリア。その行動に迷いはなく、何か一つの目標に向けて動いているように見えた。

「これは……もしや……」

ひとつの可能性に思い至ったオスカーは何も口を出さず、静観することにした。

しばらくして、両手を草花でいっぱいにしたアメリアが戻ってきた。

「これ、机の上に置いていい？　汚れてしまうと思うけど……」

「構いませんよ」

「ありがとう！」

アメリアは植物を種類ごとに並べたあと、実家から持ってきたカバンをパカリと開けた。

「一応、持ってきておいてよかった」

言いながら、アメリアは机の上に何やら色々と並べ始めた。

すり鉢、すりこぎ棒、小さなスプーン、などなど……。

それらは正規品で売っているようなちゃんとしたものではなく、どれも木や石を組み合わせたり食器を改造していたりと、手作り感が満載だった。

調合のための道具か――と、オスカーは予想する。

「えっと……まずはラムーの葉を荒く擦り下ろして……」

そこからのアメリアの挙動は、オスカーにとって全く未知のものであった。

見ていた感じ、草を擦り潰したり花から蜜を搾ったりしたものを混ぜ合わせ、出来たものをまた別の花蜜と混ぜて……といった事をしていた。

その過程でどのような化学反応が起きていて、何が出来上がっているのかはオスカーの知るところではない。ただ、アメリアの手際の良さから、保有している知識と経験値が凄《すさ》まじいということだけはわかった。

集中した瞳で手元を動かし続けるアメリアの気迫に、オスカーはしばらく目が離せないでいた。

アメリアが「完成！」と弾んだ声を上げるまでそう時間はかからなかった。

最終的に出来上がった液体を小瓶に入れて、オスカーに手渡す。

「アメリア様、これは……」

「腰の痛みに効くお薬よ」

一仕事やり終えたアメリアの声は興奮気味だった。

「これを寝る前に腰の痛むところに塗っておくと、夜中の間に痛みを抑える成分が染み込んでいって、次の日には多少楽になっていると思うわ。とりあえず一回分を作ったから、効果があったらまた言って。そしたら新しい分を作るから」

アメリアがすらすらと言ってみせると、オスカーは感嘆の息を漏らすと同時に身震いした。

予想はしていた。まさかこの小さなご婦人は、腰の痛みに効く薬を作ってしまうのでは、と。

(作ってしまいおった……)

それも、ものの数分で。

より驚くべきことは、アメリアが裏庭のそこらへんに生えているような草花と、粗末なお手製の道具で作り上げてしまったという点だ。その知識量、技術力、機転の利きよう。

素人目でも、わかる。

(……天才、いえ……神の子とも言うべきでしょうか)

オスカーは確信する。このお方は、公爵夫人の器に収まる御仁ではないと。

「本当は熱したり、濾過《ろか》したりしたほうが効果は高まるんだけど、あり合わせの材料と道具で作ったからそこは許して欲しいかな。ヨザクラ草とかもあると良かったんだけどねー」

知識をひけらかすわけでもなく、ちょっぴり残念そうに言葉を並べるアメリアを前にしてオスカーの指が微《かす》かに震えていた。

気づく。年甲斐《としがい》もなく、興奮している自分に。

（いつ以来の、感覚でしょうか……）

――一度見たものを決して忘れない、教えられたわけでもないのに数学の問題をすらすら解く異端児、幼き頃のローガンを目にした時以来の感覚だ。

「アメリア様は……」

「はい」

思わず、オスカーは尋ねていた。

「その調合スキルを、どうやって？」

尋ねずにはいられなかった。オスカーの質問に、アメリアは一言。

「母の、おかげです」

懐かしそうに目を細めて、アメリアは続ける。

「基本的なことは、母が全部教えてくれたんです。もっとも、母が亡くなった後は自分で試行錯誤しましたが……あっ、腰痛に効く薬に関しては母も腰を悪くしていたこともあって、何度か作っていたので得意だった、という事情があったりします」

「なるほど……」

オスカーはふむふむと呟く。

「教えていただき、ありがとうございます」

アメリアの口にした情報は表面的なものだ。しかし、オスカーは深掘りはしなかった。具体的にどんな事を学んだのか、試行錯誤とは何をしていたのか……といった質問は、使用人である自分ではなくローガンが直接した方が良いと判断したためだ。

アメリアの能力は、母親譲り。

それだけわかれば、今は充分だった。

オスカーはアメリアに向き直る。まだ、薬の効果を実感したわけではない。

などと無粋な事を考えて、未だアメリアへ猜疑《さいぎ》の目線を向けるほどオスカーは愚者ではない。

アメリアが来てまだ数日だが、そのくらいの時間があれば、彼女がどんな人格を持つ人間なのか大体わかる。

自分のために手を泥だらけにして、細い腕でせっせと薬を作ってくれたあどけない淑女に、オスカーは深々と頭を下げ最大限の敬意と謝辞を込めて言った。

「ありがとうございます、アメリア様」

オスカーの礼にアメリアは、対価を求めるわけでもなく得意げにすることもなく。

ただただ役に立つ事ができたと言う嬉《うれ》しさでいっぱいの笑みを浮かべて、こう返すのであった。

「どういたしまして！」

◇◇◇

「うふふふふふふふふふふふふふふふふふ」

「アメリア様、怖いです」

夕方、裏庭デビュタントを無事終えた後。

自室のテーブルにどっちゃり並べた戦利品《しょくぶったち》を眺めていたアメリアは、シルフィから引き気味に言われた。

「え、怖い？　そんなに？」

「邪神に捧《ささ》げる供物を恍惚《こうこつ》と眺める信者のようですよ」

「何それ怖い」

こほんと、アメリアは咳払《せきばら》いする。

（いけないいけない、久しぶりの植物採集ではしゃいでしまっていたわ）

手でほっぺをむにむに動かし元の表情に戻していると、シルフィが口を押さえ小さな声で漏らした。

「……なんですか、その可愛《かわい》い動作は」

「え？　なんて言いました？」

「なんでもございませんよ」

今度はシルフィが咳払いして、「それで」と言葉を続ける。

「その草花はどうするんですか？」

「食べるけど？」

「何を当たり前のことを、みたいな顔でさらっと衝撃発言かまさないでください」

「流石《さすが》に全部は食べないわよ。半分は調合して薬にするの」

「半分は食べるんですか……」

シルフィの顔が引き攣《つ》る。平民としてはそれなりの良家出身で公爵家の侍女として働いてきたシルフィにとって、その辺に生えている草を食すというのは価値観外であった。

「もちろん食べるわ！　ヨモギはサラダにできるし、ハコベはおひたしに！　あ、実家ではできなかったんだけど、タンポポの葉をクリームスープに入れたり、ノビルをパスタに絡めたり……ああ……もう想像しただけでお腹《なか》が鳴るわ……」

「ソ……ソウナンデスネ」

もはやシルフィには、瞳をきらきらと輝かせたいそう幸せそうに頬をさするアメリアに苦言を呈するなぞ出来るはずもなかった。

「それで……お願いがあるんだけど……」

「はい、なんでしょう？」

一転、肩を縮こませながらアメリアが、おずおずと尋ねた。

「調理場を、使ってもいいかしら……？」

シルフィが目を丸くする。

「ああ、そんなことでしたら大丈夫ですが……料理の経験がおありで？」

じとーっと、疑い深い目を向けるシルフィにアメリアがむっと口を尖《とが》らせる。

「失敬な。こう見えても私、自炊歴十年以上あるのよ？」

サバイバル歴といった方が正しいかもしれないが。

「それは失礼いたしました。でしたら大丈夫でしょう」

「やったっ、ありがとう、シルフィ！」

胸の前で拳をぎゅっと握り締め、アメリアがぴょんっと跳ねると、シルフィは再び口元を押さえぷるぷると震えた。

「シルフィ？　どうしたの？」

「いえ、なんでもございません……取り急ぎシェフに伝えにいきますね。また呼びにきます」

「うん！　お願い！」

口元を隠したままシルフィは一礼して、逃げるように部屋を出て行った。

◇◇◇

「……」

シルフィが部屋を出ていき、一人残された後。

「いやはしゃぎすぎでしょ私！」

ベッドにダイブし、足をジタバタ。

顔を真っ赤にして枕に顔を埋《うず》め「ううぅぅうううぅ〜〜〜!!」と身体を捩《よじ》らせるアメリアの姿は浜辺に打ち上げられた魚の如し。

冷静になって気づいた。久しぶりの植物採集でテンションがおかしくなっていた。

ざっと見積もっても精神年齢が七歳くらいまで落ちていたことだろう。どこに行った私の十年。

ひとしきりぴちぴちした後、枕から顔を上げたアメリアがぽつりと呟く。

「こんなところ、ローガン様には見せられない……」

他者との関わり方や感情の制御が下手だという事がどんどん露呈してしまっている気がする。

おそらく、長いあいだ隔離されてひとりだった弊害だろう。

「妻アメリアは、ヘルンベルク家の品位を落とさぬように尽力する……」

ローガンと交わした契約書を諳《そら》んじる。

「しっかりしよう、ちゃんと大人っぽく振る舞おう……!!」

ぱちんと両頬を叩くアメリア。

「こんな子供を公爵夫人として認めるわけにはいかん！　とかなったら目も当てられないからね」

おっちょこちょいなところを見せない宣誓に続き、大人っぽく振る舞おう宣誓であった。

大きく息を吐いて、頭を切り替える。
ごろりんと、うつ伏せから仰向《あおむ》けの体勢になって、呟く。
「……嬉しかったな」
植物採集中、オスカーの腰の薬を作った記憶が蘇《よみがえ》る。
オスカーが腰を痛そうにしているのを見たら、気がつくと身体が動いていた。
この家の人たちの役に立ちたい。そんな思いがアメリアを突き動かしていた。
じきに、オスカーの腰痛は回復に向かうだろう。効果は母で実証済みだ。
そしてそれは、自身の調薬スキルが確かなものであることの証明にもなる。
――お母さん、お父さんやメリサに魔法は教えてあげないの？
――……ここの人たちにはダメよ。
――どうして？
――ここの人たちは……この魔法を悪用して、良くないことをするからよ。
幼き頃、母に言われた言葉。その意味が、今ではわかる。
魔法……自分の調薬スキルは、実家の人たちに明かしてはいけない。
ゆえに、この能力のことをずっと隠して生きてきた。
ヘルンベルク家に嫁いでからも、スキルのことは伏せておこうと考えていた。
しかし。

――ハグル家には、著名な調合師がいるのか？

初日の夜。自身が調合した薬で腹痛から回復した後、ローガンに問われて迷った。

スキルのことを明かすか、否か。最初は伏せようと思った。

まだ会って間もないローガンに全幅の信頼を置いているわけでもない。

もしかすると、スキルを何かに利用されるかもしれない。

でも……。

――汚れたものを拭き取るのがハンカチの役目だろう。

――急な話で緊張をしているのだろうが、仮にも俺たちは夫婦になる身なのだ。遠慮はしなくていい。

零《こぼ》してしまった紅茶を、自分のハンカチで拭いてくれた。

――流石に初日くらいはな。明日からは同席できるかはわからん。

多忙の合間を縫って夕食の時間を作ってくれた。

父や義母や異母妹や侍女からはちっとも感じられなかった、他者に対する思いやり、愛情。

そういったものを、ローガンから感じて。

(この方には嘘をつきたくない……それにこの方なら……きっと大丈夫)

そう思った。

そこに理屈なんてない、感情が直感的に判断した。

それが早計な判断だとしても良い。この人の前では自分を偽りたくない。

そう、思ったのだ。

……自分の調薬スキルが、客観的に見て凄《すご》いものだと受け取られた事は、予想外ではあったけども。

「お母さん……」

——将来、ここの人じゃない、アメリアのことを大事にしてくれる人が現れたら……その時は、たくさん魔法を使ってあげて。

ちらりと、鏡台に立てかけられた亡き母の小さな肖像画を見て、アメリアは言葉を溢《こぼ》す。

「これで、良いよね?」

肖像画の中で微笑む母は何も言わない。

だけど。良いんだよって、言ってくれた気がした。

◇◇◇

「うふふふふふふふふふふふふふふふふふ」

「アメリア様、涎《よだれ》が垂れておりますよ」

夜、食堂にて。

テーブルにずらりと並んだ料理たちを恍惚とした表情で眺めていたら、シルフィに引き気味に言われた。なんか既視感。

「あら、失礼。つい、食欲の雫《しずく》が滴り落ちてしまったわ」

「上品な表現をしているつもりかもしれませんが、涎ですからね？」

大人っぽく振る舞おう宣誓？

何それ知らない。

ナプキンで口元を拭き拭き。はしたないという自覚はありつつも、仕方がないと思う。

今、目の前に並んでいる料理は、季節の雑草をふんだんに使った至高の一品たちだ。

ヨモギのサラダに、ハコベのおひたし。

タンポポの葉がたっぷり入ったクリームスープや、ノビルをたくさん絡めたパスタもある。

シェフに頼んで夕食のメニューを何品か削り、代わりに追加してもらった次第である。

決して高級食材というわけではない。むしろその対極。

ただ、実家の離れの庭園で採取し胃に収めてきた植物たちは、幼い頃からアメリアの血肉となり命を長らえてくれた、いわば母の味とも言える。

母の味を前にしては、王城最上級の料理でさえ無力化されてしまうのは周知の事実であろう。

「いただきます！」

待ちきれないとばかりに、アメリアは食材への感謝の祈りを捧げてからヨモギのサラダからぱくり。

（うう〜ん、これこれ！）

もしゃもしゃと頬張るたびに、ヨモギの苦味がほんのりと舌を包み込み、爽やかな草の香りが鼻《び》腔《こう》を抜けていった。

ハコベのおひたしは茎がしゃきしゃきで食感が楽しく、独特な風味も無いのでするするいけてしまう。さまざまな調味料がこれでもかと使われた高級料理も良いけど、素材の味をしっかりと楽しめるシンプルな料理も素晴らしいのだ。

前菜を楽しんだ後は、いよいよ本命のタンポポの葉のクリームスープと、ノビルのオイルパスタ。

（実家だとクリームスープとかオイルパスタとか出てこなかったしね……）

真っ黒焦げのパン、変な匂いのする筋張った肉、魚の骨……。

いじわる侍女のメリサが毎回ニヤニヤしながら持ってきていた生ゴミのようなご飯を思い出す。

（いけないいけない、せっかくの美味しいご飯がまずくなってしまうわ）

頭を振って、嫌な記憶を追い出した。

クリームスープもオイルパスタも、ヘルンベルク家に来てからアメリアの大好物になった。

この世にこんな美味しいものが存在するのかと頬をハムスターのようにパンパンにして感動していると、シェフに微笑ましい目で見られたのは良い思い出だ。

これを野草《ははのあじ》と組み合わせたら絶対に美味しいと確信していたのである。

「んー！　美味しい！」

予感は大的中！

ほんのりと苦味のあるスープは、玉葱《たまねぎ》の旨味《うまみ》をふんだんに使ったコクのあるクリームにタンポポの葉の風味が混じってクドさを和らげている。

オイルパスタは唐辛子とガーリックのパンチとノビーの風味、そしてオリーブオイルの風味が合わさって複雑な美味しさを演出してくれていた。ひと口ごとにオーバーなリアクションをしながら、アメリアは料理をもりっもりっと食べていった。

大人っぽく振る舞おう宣誓？

そんなの捨て置きなさいよ、食べられないんだからと言わんばかりに。

そうして美味しいものを食べていると、誰かにその美味しさを分かち合いたくなるというのは人の性である。

アメリアも人の子なので、美味しいものを食べているうちに沸々とその欲求が湧いてきた。

普段の料理はここの屋敷の人たちにも馴染《なじ》みのあるものだろうと思っていたのだが、雑草とのコラボレーション料理は無いだろう。

「……アメリア様、何か？」

そばに控えるシルフィをじっと見つめて、アメリアは言った。

「シルフィも食べてみない？」

「え？」

予想外の言葉だったのか、シルフィが虚を衝《つ》かれたように目を丸くする。

「ヨモギのサラダは苦味があってちょっと癖があるから、ノビルのパスタが良いと思う！　オイルパスタとの相性が最高なの」

「あ、いえ……どんな味かと興味はあるのですが……私は使用人の身分ですので、おいそれとアメリア様のご夕食をいただくわけには……」

「いいの、いいの。シェフのみなさんには調理場で味見してもらって、とても好評だったわよ」

シルフィが振り向き、後ろで控えているシェフをキッと見やる。

シェフはわざとらしく口笛を吹きそっぽを向いた。

今この場に、シェフとシルフィ以外に人はいない。シルフィは何やらグルグル頭の中で考えるような素振りを見せた後、最終的にため息をついて言った。

「アメリア様がお望みであれば……」

「うん、食べて食べて！」

アメリアが当然のように席を立つ。シルフィは逡巡《しゅんじゅん》する素振りを見せたが、ニッコニコなアメリアに促されておずおずと席に腰掛けた。

「では……いただきます……」

予備のフォークとスプーンを器用に使い、ノビーのパスタをぱくり。

「……っ!!」

シルフィの目が大きく見開かれる。

「美味しい、です」

「でしょう!?」

ぱああっと、アメリアが百点満点の笑みを浮かべた。

「ガーリックと唐辛子の刺激の中に、ノビーの葉の爽やかさが合わさって……語彙力がなく申し訳ないのですが、なんというか、ずっと食べていたい味です」

――嬉しかった。

母が死んでからは、あの離れの殺風景な家屋でずっと一人で食べていた。

一緒にいてくれたのは、屋根裏で走り回るネズミか窓に根城を構えた蜘蛛《くも》くらいだった。

自分が美味しいと思ったものを、美味しいと言ってくれる共感。

長らく忘れていた、誰かと『美味しい』を分かち合う嬉しさだった。

アメリアの胸に、じんじんと熱いものが湧き上がる。

「アメリア様、ありがとうございました」

いつの間にか席を立ったシルフィが、頭を下げて言う。

「大変美味しゅうございました」

「ううん、どういたしまして！　よかった、口にあって」

屈託なく笑うアメリアに、シルフィが言葉を続ける。

「ローガン様にも、作ってあげないとですね」

「うっ……そ、そうね！　作って、是非食べていただきたいものだわ……」

アメリアが言い淀《よど》んだのは、パスタやスープはシェフに手伝ってもらったからだ。

料理歴十年とドヤ顔を披露したものの、複雑な調理器具や火を使うタイプの料理をした事がなかった（離れに無かった）。わざとらしく聞いていない風な顔をするシェフを見て、アメリアは料理の上達を決意するのであった。

席に座り直し、夕食を再開するアメリア。

スープにつけたホクホクのパンをもっちゃもっちゃと頬張りながら、ふと思う。

（ローガン様……お仕事頑張ってるかな……）

あのベッドでのドタバタ以降、ローガンとは顔を合わせていない。

日中は仕事で屋敷を留守にする事が多く、なかなか会えずにいた。

とはいえ、寂しさは無い。

数日したら忙しさがピークを抜けて時間を作れると言っていた。

その約束があるだけで、十分だった。

十年も一人だったのだ。数日なんて秒である。

（ふふ……楽しみだなあ……）

隣の空席を見やって、アメリアは次にローガンに会えるのを心待ちにするのであった。

◇◇◇
「アメリア様の力は本物です」

アメリアが雑草ディナーを楽しんだ翌日の執務室。

オスカーが、興奮を隠し切れない様子でローガンに言った。

いつもよりもしゃんと背筋を伸ばすオスカーを見て、ローガンは言う。

「……腰、治ったのか」

「ええ。ここ最近の痛みが嘘のようになくなりました。現役時代を思い出します」

「今も充分現役だろう」

腰を前後左右にぐるぐる動かして見せるオスカーに、ローガンは冷静にコメントしてから顎に手を当てた。

「やはり、凄まじいな。アメリアの力は」

昨日の時点で、事の顚末《てんまつ》についてオスカーから報告は貰《もら》っていた。

裏庭でのアメリアの行動から、オスカーの腰痛の一件。

その辺に生えている雑草や花から一瞬で薬を作ってみせたと聞いた時はにわかに信じられなかっ

たが、オスカーがそんな嘘をつく男では無いことは付き合いの長いローガンが一番よく知っている。

とどめとばかりに、一日ですっかり腰を良くしてきたオスカーという誤魔化しようのない証拠が上がったことにより、彼女の調薬スキルは晴れて確実なものとなったのであった。

まさに、百聞は一見にしかずである。

そしてこの事態は、オスカーの悩みの種が一つ増えたことを意味していた。

「……この薬だけでどれほどの利益が出ると思う？」

「さあ、想像もつきませぬ。腰の痛みに効く薬自体はあるのですが、効果が違います。私もこれまでいくつか服用してきましたが、アメリア様が作った薬は段違いに効果がありました」

「効果もそうだが……本質的な問題は別にある」

「圧倒的な作りやすさ、ですな」

「ああ」

商品の価格は原価によって大きく変化する。

原価が高ければ市場に並んだ際の値段は高いし、低ければ安い。至極当然の原理だ。

薬学の分野はここ数十年の間に飛躍的に進歩し、続々と新薬が発表され市場に出回っているものの、まだまだ価格は高く効果もいまひとつな物も多い。

そんな中、腰痛という高齢の者や座り仕事を主とする者であれば誰しも抱える疾患を一晩で治す薬が、そこらへんに生えている植物で簡単に作れる。

どこぞの悪どい商人が意図的に価格を釣り上げない限りは、非常に安価な値段で提供されることになるだろう。

そんなものが流通してしまえば、市場破壊どころの話ではない。ローガンは頭を抱えた。

「ハグル家はこんな逸材を押し込めていたのか……国家レベルの損失だぞ……」

やはり、ハグル家は知らなかったんだろう。

金に意地汚いハグル家が、アメリアのスキルを知った上で金儲《かねもう》けをしないわけがない。

そうでなくとも田舎の実家ではなく、王都のちゃんとした教育機関、あるいは研究機関で学べば現代の薬学の進歩を数十年単位で進められたかもしれない。

言いようのない歯痒《はがゆ》さを、ローガンは感じた。

（いや、過ぎたことを考えても仕方がない。問題は……）

今後のアメリアのスキルの扱いについてだ。

この能力を今後どのように使っていくのか、もしくは使わないのか。

慎重に検討していかなければならない。この部分は、アメリアとも要相談である。

国に仕える身のローガンとしては、アメリアには能力を存分に発揮し我が国の薬学を飛躍的に進歩させてほしい……という個人的な考えはある。

しかしローガン自身、アメリアを利用し利益を得てやろうなどとは全く考えておらず、あくまでも彼女の意思を尊重したい考えであった。

「その、ハグル家についてですが」

黙考していたローガンにかけられたオスカーの声色が、変わっていた。

ローガンは、彼の声に含まれる感情に覚えがあった。

「アメリア様の実家にいた頃の情報が上がってきました。昔、ハグル家に勤めていた侍女からです。現在も勤めている侍女と繋《つな》がりがあるらしく、情報筋として信憑性《しんぴょうせい》は高いかと」

ローガンの前に、数枚の報告書が並ぶ。

それを手に取って一枚一枚目を通すうちに、ローガンの瞳にひとつの感情が灯《とも》り始めた。

メラメラと燃え盛る業火の如きそれはオスカーと同じ。

『怒り』だ。

——ダンッッッ!!

ローガンの拳が机に叩きつけられる。

半分ほど中身が残っていたティーカップが音をたてて揺れた。

「……ふざけてるのか」

拳を振り下ろした衝撃で宙を舞った報告書には、『両親からの虐待』『離れに軟禁』『侍女による虐《いじ》め』など、目も当てられない単語が並んでいた。

「ええ、まったくです」

普段は落ち着いた物腰のオスカーからも、隠しきれない怒りが滲《にじ》んでいる。

ローガンはいったん冷静になるべく深く息を吐いた後、腕を組みじっと考え込んだ。

しばらくして、ローガンは立ち上がる。

「アメリアのスキルについて考えるのは後回しだ。まずは、彼女自身の問題について認識を合わせておかねばならない」

「同意です」

「客観的事実は揃《そろ》った。あとはアメリアに直接聞く」

「かしこまりました。残りのタスクは明日に回しますか？」

「今日の分の書類仕事は全て終わらせた」

「おや、よく捌《さば》き切れましたね」

感心したようにオスカーが頷く。

「ここ数日、作業スピードが目に見えて上がっているように見えます」

「妙に体の調子が良くてな。アメリアのくれた紅茶葉のおかげか」

「それですね」

「それしか考えられんな」

残りの紅茶を飲み干してから、ローガンは上着を羽織る。

「今日、来客予定だった者への対応だけ頼む」

「かしこまりました」

恭しくオスカーは頭を下げ、普段よりも大股で部屋を去るローガンを見送った。

◇◇◇

子供の頃の私は、泣いてばっかりだったと思う。

ろくなご飯が与えられなくて、お腹が空《す》いて泣いた。

冬の寒い日にカビ臭くて薄い布団しか与えられなくて、寒くて泣いた。

いじわる侍女のメリサに、太ももをつねられて泣いた。

頑張って探して採ってきたお気に入りの花を、エリンにぐちゃぐちゃに引き裂かれて泣いた。

たくさん泣いた。

たくさん、たくさん泣いた。

でもその度に、お母さんが来てくれた。

私が泣けばお母さんはいつも、大丈夫だよって、もう怖くないよって、優しい声をかけてくれた。

頭を撫でてくれた。

抱き締めてくれた。

だから私は、泣く事ができた。

一人じゃなかったから。

味方がいたから。
でも、お母さんが死んじゃって。
たくさんたくさん泣いても、誰も何もしてくれなくて。
そのうち体が水分を出せなくなって泣き止《や》んで。
気づいた。
ああ、私はひとりぼっちになったんだって。
泣いても誰も助けてくれない。
泣いている時間がもったいない。
そう思った私は――泣くのをやめた。
泣いちゃだめって、自分に言い聞かせた。
いじわる侍女のメリサに〝ほら今日のご飯だよ〟と上から生ゴミをぶっかけられても。
――泣いちゃだめだ。
お母さんが残してくれた『植物大全』をエリンに踏み躙《にじ》られても。
――泣いちゃだめだ。
義母のリーチェに〝口の利き方がなってない〟と頬を引っ叩《ぱた》かれても。
――泣いちゃだめだ。
父セドリックに、眠らずに処理した書類を目の前で破り捨てられても。

――泣いちゃ、だめだ。

――泣いちゃ……。

ふと、思った。

……私は一生、このままなの？……


「――――っ」


弾かれるようにアメリアは半身を起こした。

背中、首元、いや、全身にじっとりとした不快感。

浅い呼吸を繰り返す。息が苦しい。落ち着け。

「……っはあ……はあっ……」

思い切り息を吸い込んで、吐き出す。

不規則に高鳴る心臓を宥《なだ》める。

何度か深呼吸をして、ようやく落ち着いてきた。

あたりを見回して、自分のいる場所がヘルンベルク家の自室であることを認識する。

そうしてようやく、アメリアは安心する事が出来た。

「……ひどい夢」

本当に、ひどい夢だった。

思い出したくない、実家での出来事を立て続けに見せられた。

たまに過去の辛《つら》かった記憶が、夢の中で溢《あふ》れて目覚めてもくっきり覚えている事が起こる。

嫌なことは我慢してすぐ忘れるようにしてる、その反動かもしれない。

抑圧していた諸々《もろもろ》の記憶が、感情が、自分の意思に反して漏れているような感覚だった。

――コンコンッ。

ちょうどそのタイミングで、控えめなノックが鼓膜を叩いた。

「どうぞ」

「失礼します」

シルフィだった。見知った顔を目にして、安堵《あんど》が深くなる。

「おはようございます。……って、凄い寝汗ですね。怖い夢でも見たのですか?」

「怖い夢……」

額に手を当てると、手の甲からじっとりとした感触が伝わってきた。

「そうね、見ていたかもしれないわ」

「それは災難でしたね。昨日は大はしゃぎだったようなので、その疲れが出てしまったのかもしれませんね」

「ああ、なるほど……」

確かに、その可能性は高いかもしれない。

疲労が溜《た》まっている時や、精神的に参っている時に悪夢は見がちだ。

「寝起きですか？」

「そう、ちょうど今起きたところよ」

「ではタイミングが良かったですね」

「タイミング？」

アメリアが首を傾《かし》げると、シルフィは控えめな笑みを浮かべて言った。

「旦那様がお呼びです」

「ロ、ローガン様が？」

変な高い声で聞き返してしまった。

「ええ。お仕事が落ち着いたので、一度ゆっくりお茶でも、とのことです」

「なるほど……」

驚きと嬉しさが混ざって、でもすぐに嬉しさが勝って。

「わかった、行くわ。でもその前に……」

汗だくの身体を見下ろして、アメリアは尋ねた。

「……お風呂に入る時間、あるかしら？」

◇◇◇

本日の天気は快晴。

心地よく暖かい空気に混じって、庭園に咲き誇る花の香りがほのかに漂ってくる。

シルフィの案内でやってきたのは屋敷の外にある、屋根付きのカフェスペースだった。

ガゼボと呼ばれるこぢんまりとした白い建造物で、色とりどりの花が咲き誇る綺麗《きれい》な庭園を眺めながらお茶を楽しめる場所とのこと。

一人だったらすぐさま庭園の方に猪突猛進《ちょとつもうしん》していただろうが、そうはいかない。

二人用の丸テーブルで、ローガンがティーカップを口につけて待っているのだから。

「来たか」

アメリアに気づくと、ローガンは立ち上がり対面の椅子を引いた。

「かけてくれ」

「は、はいっ」

ローガンに促され、ちょこんと座るアメリア。その対面にローガンも座り直す。

ちなみにシルフィは案内を終えた後「ではでは、ごゆっくり」と言い残し去っていったため、今この場にはアメリアとローガンしかいない。

婚約者とは言え、アメリアにとってローガンはつい数日前までは全く面識がなかった男性だ。

改めて二人きりとなると、妙に緊張してしまう。

(やっぱり……凄い美形……)

数日ぶりに見たローガンに対し、アメリアはそんな感想を抱いた。

彫刻細工のように整った顔立ちも、冷たいナイフを彷彿《ほうふつ》とさせるブルーの双眸も、陽《ひ》の光に反射して煌《きら》めくシルバーカラーの髪も。

その全てが〝美しい〟という言葉のために存在しているように見えた。

(この方が……私の婚約者様……)

身体の温度が上昇してきた。おかしい、長湯しすぎたせいだろうか。

「すまないな、急に呼び出して」

「とんでもございません。むしろ、お忙しい中ありがとうございます」

ぺこりと、アメリアが頭を下げる。

「そんな畏《かしこ》まらなくて良い」

ゆったりとした調子でローガンは言う。

「契約とはいえ、俺と君は夫婦になるんだからな。むしろ俺が切羽詰まっていたせいで、全く顔を出せず申し訳ない」

「お仕事なら仕方がないですよ、お気になさらないでください。それに、会えない数日なんて一瞬のことですから、私は全然平気です」

アメリアが笑って言うと、ローガンはピクリと眉を動かし「君は……」と口を開いたが……一旦その口を閉じ、ティーポットを手に取った。

「君は……紅茶だったな」

「覚えてくださったんですね」

「一度聞いたら忘れない。ダージリンで良いか？」

「は、はい、ありがとうございます」

さらっとすごい発言を聞いたような気がするが、その間にローガンはカップに紅茶を注いでくれた。ふわりと、思わずため息が漏れるような良い香りが漂ってくる。

「私がお渡ししたものですか？」

「いいや、君にもらった分は全て飲んでしまった。なので、追加で仕入れてきた」

「そうなんですね」

(ちゃんと、全部飲んでくれたんだ……)

それも、気に入ってくださり追加の注文まで。

ニヤけそうになる口角を手で押さえることで防いだ。危ない。

「いただきます」

ふーふーしてから、一口。

ダージリンのマスカテルな香りが鼻腔をスッと抜け、舌先から喉奥にかけて豊潤な味が染み渡った。喉元を過ぎると、じんわりと胸の辺りが温かくなる。

「美味しい……こんな味になるんだ……」

「こんな味？　飲んでいたのではないのか？」

「紅茶では飲んだ事がないんですよね。いつも葉のまま食べて……こほん、なんでもありません」

（何言ってんの私！）

完全な失言。アメリアは焦った。

紅茶の葉をバリボリ貪るわんぱくお嬢ちゃんと思われたら、アメリアの掲げる大人っぽく振る舞おう宣誓が瓦解する。どばどばと背中から汗が吹き出し、カップを持つ手が震えてしまう。

せっかくお風呂に入ったのに。

しかしローガンは特に突っ込みを入れることなく、またピクリと眉を動かし「そうか」とだけ呟いた。流石のアメリアも、何か様子が変だと勘づく。

基本、ローガンはむすっとしていて気難しい顔をしているが……いつもより、纏《まと》っている雰囲気に尖りを感じた。

（この感情は……怒り？）

家族の目を常に気にしてきたのもあって、アメリアはローガンから放たれる感情を敏感に察した。

ピンと糸を張ったような緊張感が背中を走ると、嫌な想像が脳裏を駆け巡った。

（もしかして……ここ最近の私の言動がシルフィやオスカーから伝わって……こんな幼稚な令嬢を

妻にするなんてできない！　とかなんとかなって、婚約破棄とか……？）

根がマイナス思考で自己肯定感の低いアメリアは、そんなことを考えてしまう。

（……でも、それならそれで仕方がないわよね……うん……元々夢みたいな話だったし……やっぱり私なんかじゃ、こんな素敵な方と釣り合うわけもなかったんだわ……）

ずるずると勝手に落ち込んでいってしまったが、最後に残った理性が歯止めを効かせてくれた。

（で、でもとりあえず！　せっかくローガン様が設けてくださった、このお茶会の空気はなんとかしないと……）

「きょ、今日は、紅茶なのですね」

ティーポットが一つしか見当たらないことに気づいたので言ってみる。

「ずっとコーヒーを愛用していたのだがな。君からダージリンを貰ってから、嗜好《しこう》が変わった。美味しいし、疲労回復の効果も抜群だ」

「確かに、今日はとても顔色が良く見えます」

「仕事の効率もぐんと上がって助かった。改めて礼を言う、ありがとう」

「いえいえそんなそんな……お役に立てたのであれば、何よりです」

（……あれ？　怒ってない？）

自分に対して向けられている感情は敵意や怒りといったものではない。

むしろ好意的なもののような感じがした。

（じゃあ、ローガン様はいったい何にお怒りに……）

心の中で、アメリアは首を傾げた。

「そういう君は少し、顔色が悪いな？」

「そうでしょうか？」

悪夢にうなされ寝不足です。

と言うのは幼稚さに拍車がかかってしまうので口が裂けても言えない。

「昨日は少し、裏庭でたくさん動いてしまったので、その疲労が少し残っているかもしれませんね」

「オスカーから聞いた。楽しんでいたようで、何よりだ」

「最高の裏庭でした」

間髪を容《い》れずアメリアは言う。

「とっても広くて、生息している植物も多種多様で……本当にありがとうございます」

「裏庭でこんなにも喜ぶ令嬢は、君が初めてだよ」

カフェスペースの外、綺麗に手入れのされた庭園にアメリアは目を向ける。

「裏庭も凄かったですが、この庭園も色々な花が咲いていて素敵ですね。今まで見てきた中で、一番綺麗……」

頬に手を当てうっとりした様子のアメリアに、ローガンが尋ねた。

「君は、なぜ植物が好きなのだ？」

返答には、しばし時間を要した。

「んー……なぜ、と訊《き》かれると難しいですね」

アメリア自身、あまり考えた事がなかったからだ。

「子供の頃から身近にあって、毎日お花を摘んだり、草を集めてみたりして……気がついたら好きになっていたといいますか……」

「なるほど」

ローガンが頷く。

「あ、でも」と、アメリアはポンと手を打ち、少し黙考してから、答えた。

「……純粋だから、ですかね」

「純粋？」

「はい」

穏やかな笑みを浮かべて、アメリアは言う。

「植物には悪意がなくて、純粋です。人間と違って。それが安心するというか……あ！ 人間と言っても、全ての人がそうというわけではないですからね？ 中にはローガン様のような素敵な方もいらっしゃいます……し……？」

アメリアの言葉が途中から続かなくなったのは、ローガンが纏っている空気が明らかに変わったからだ。

「なるほど」

先程感じた、怒りの感情。

「よくわかった」

確信を得たと言わんばかりの言葉。

（な、何……？　なんなの……？）

ローガンの突然の変わりようにおろおろするアメリアを、強い意思を宿した瞳が捉えて。

「君は……家族に酷《ひど》い目に遭わされてきたのか？」

頭の中が真っ白になった。

しばらく、アメリアは瞬きを忙《せわ》しなく繰り返すだけで動けなくなった。

『家でどのような扱いを受けているか、口外したらタダでは済まさない』というセドリックによる刷り込みが、アメリアの口を動かす。

「……いえ、私は」

「情報の裏取りは出来ている」

反射的に出かけた否定の言葉を、ローガンが打ち消す。

入手ルートをあえて伏せる事で、アメリアの中で『全部知っている』という可能性を一気に増大させた。

「酷い目とは……具体的にどのようなことを指しますか？」

「父や義母による虐待、離れへの監禁、極端な食事制限、過酷な条件下での強制労働…………まだ必要か？」

「いえ……」

観念したように、アメリアは息をついた。

「……流石の、情報収集力です」

「そうか……」

ローガンの表情がより険しくなった。カップに手を掛け、紅茶を一口。

「最初から引っ掛かってはいたんだ。事前に聞いていた噂にしては、あまりにも言動が違い過ぎるし、能力も非常に高い。その点については、噂など当てにならないと一笑に付すくらいだったが……」

カップを置き、アメリアをまっすぐ見つめてローガンは続ける。

「冷静に見て伯爵令嬢とは思えないほど痩せ細り過ぎだし、実家から持ってきた荷物は非常に少ない。極端に低い自己肯定感や、時折見せる人目に怯《おび》えるような仕草……」

一気に言ってから、ローガンは結論を口にする。

「それらの根源が全て、異母妹のエリン嬢を立たせるためにハグル家一丸となって君を虐げた事だとしたら、全て納得がいく」

「エリンのことまで……」

もはや、ローガンにはどんな誤魔化しも取り繕いも無駄だろうと、アメリアは思った。

深々と、アメリアは頭を下げる。

「申し訳ございません……どこかのタイミングで、お話しするべきでした」

「気にするな」

頭を横に振るローガン。

「そもそも話したいような事でも無かっただろう。なぜ今まで黙っていたのか、なんて無粋なことは聞かない。おおよそ、当主から口止めされていたんだろう?」

図星だ。反論の余地はない。

「俺が今日、この場を設けた理由は二つある」

ローガンが人差し指を立てる。

「一つは、ハグル家による君に対する扱いが真実であるかを、君の口から聞きたかった」

それは先程、アメリアが認める事で達成された。

「もう一つは……君自身の気持ちを知りたかった」

次は中指。

「私自身の……気持ち？」

質問の意図がわからないと、アメリアが窺《うかが》うようにローガンを見ると。

「辛かったか？」

ずきんと、胸の辺りが痛んだ。

どこか優しい声で投げかけられたその質問は、アメリアの心の奥底の、ひやりと凍りついて動かなくなった部分を震わせた。

（ああ、これはだめ……）

認めたら、何かが決壊してしまう。

直感的にそう感じ取ったアメリアは、にっこり笑って答えた。

「いいえ、へっちゃらでしたよ」

眉をひそめるローガンに構わず、アメリアは言葉を続ける。

「確かに痛い事もされましたし、大事なものもたくさん壊されました」

でも、と言い置いてアメリアは言う。

「……もういいんです。我慢できない事はありませんでしたし、過ぎたことですから」

自分の声が微かに震えているのも、滅茶苦茶《めちゃくちゃ》なことを言っていることも無視した。

いつものように、アメリアは笑ってみせた。

いつもより表情筋が、思ったように動かないのはきっと気のせいだ。

そんなアメリアを、ローガンはじっと見つめて。

「ある男の話をしようか」

おもむろに立ち上がり、庭園の方に顔を向けて話を始める。

「そいつは賢かった。幼少期から周囲との能力の違いを結果として見せつけた。一度見たものは二度と忘れないし、家庭教師が教えてもいない問題をスラスラと解く事も出来た」

『一度聞いたら忘れない』

先程、ローガンが口にした言葉をアメリアは思い起こし、これは誰の話なのか察してしまう。

「周囲はそいつを神童と持て囃《はや》し、多大な期待と更なる飛躍の願いを注ぎに注いだ。そいつは期待に応えようとさらに勉学に励んだが……別にそいつは、勉強が好きというわけでは無かった」

どこか遠い目をして、ローガンは続ける。

「そいつはただ、たった二人の人間……両親に認められたかったんだ。だが、代々武道の家系だったそいつの両親は、そいつよりも武術の才も秀でている兄の方に愛情を注いだ」

ローガンの拳が、いつの間にか握り締められている。

「だが、武術の才は人並み程度しかないそいつは、どれだけ勉学に結果を残そうと認められる事はなかった。やりたくもない勉学にいくら打ち込んでも、本当に欲しいものはいつまで経《た》っても手に入らなかった」

どこか失望したように、ローガンが目を伏せる。

「だが両親以外の周りの人間は、そいつに無遠慮な期待ばかり押し付けてくる……それに流されて、やりたくもない勉学をやり続けたそいつは…………ぶっ壊れて、無気力な時間を随分と長く送った」

いつの間にか、アメリアはローガンの話に聞き入っていた。

おかしな質問だと分かっていながらも、こう尋ねずにはいられなかった。

「その人は……今、どうなってるんですか？」

ローガンは肩を竦《すく》める。

「さあな。過去の諸々には踏ん切りをつけて、自分のやりたいことをやろうと決めて、どこかで紅茶でも飲んでるんじゃないか」

ふ、と少しだけローガンは口元に笑みを浮かべてみせた。

アメリアの緊張感が微かに緩むのも、一瞬のこと。

立ち上がってアメリアの方に歩み寄りながら、ローガンは言葉を紡ぐ。

「自分の気持ちに嘘をつくことは、最も自分を苦しめる行為だ。絶対にそうしなければいけない時以外は、しない方が良い。実家にいた頃は、自分の気持ちに嘘をつかなければいけない状況だったのだろうが……」

アメリアのそばに来て、ローガンは膝を折る。

「もう大丈夫だ」

目線は、アメリアと同じくらい。

「この屋敷にいる者は皆、君の味方だ。シルフィも、オスカーも、もちろん俺も。だから……」

今までずっとむすっとしていて。
笑顔なんてほとんど見せなかったローガンが。
人を安心させるように笑って。
「無理に取り繕わなくて良い。ありのままの君でいてくれ」
その言葉は、アメリアの心の奥の深い部分を突き抜けて。
硬く凍りついていた冷たい蓋を、じんわりと、しかし着実に溶かしていった。

——溶けた蓋の下から、今まで抑え続けてきた感情が溢れ出す。

もはやアメリアは、何か意味を持つ言葉を発する事が出来なくなっていた。
何か言わないといけない。
それはわかっている。
でも何を？
お礼？　肯定？
それとも……。
ぐるぐると思考が回って考えがまとまらないアメリアの頭に。
ぽん、と温かい感触が触れる。

「よく頑張ったな」

ぽん、ぽんと、ローガンがアメリアの頭を優しく撫でる。

「今まで本当に、よく頑張った」

大きな手のひらが、いつか自分を撫でてくれた母の手と重なって。

「う……ぁ……」

言葉にならない声。感情が溢れ出す。瞼《まぶた》の奥に熱が灯る。

じわりと、目尻に湿っぽい何かが浮かぶ。忘れていたあの感覚が込み上げてくる。

だめだ、いけない。こんなところで。泣いちゃだめ。

泣いちゃ……。

「もう、泣いていい」

……ぽたり。

「うぁ……あ……」

……ぽたり、ぽたり。

「……うぅ……あぁあ……」

一度溢れ出したら止まらない。

「あ……うぅ……あぁあ……ぁあぁあぁあっ……ひっ、うっ……ああああぁぁああぁ……うっ……ぅあああぁぁあぁああああああぁぁぁぁああっ……!!」

両目から止《と》め処《ど》なく溢れる熱い雫は、まだ自分が人間として失ってはいけない感情を持っている事の証明だった。

痛かった、辛かった、苦しかった。

誰かにずっと言って欲しかった。

頑張ったねって。

辛かったねって。

もう大丈夫って。

泣いていいって。

言って欲しかった。

ずっと言って欲しかった言葉を、ローガンが言ってくれた。

そんなのもう、耐えられるわけがなかった。

ローガンの前なのにとか、人目があるかもしれない外なのにとかを、考える余地すらなかった。

アメリアは泣いた。

大声で、天を仰いだり、しゃくりあげたりして。

赤ん坊のように泣きじゃくった。今まで溜め込んできた数多《あまた》の感情が押し寄せてきて止まらなかった。止めることなんて不可能だった。

長く、辛い実家での生活から逃れた末にようやく見つけた、安心できる場所で。

まるで、十年分の涙を流しきるかのように、アメリアはいつまでも、いつまでも泣き続けた。

そんなアメリアをずっと、ローガンは撫で続けてくれていた。

◇◇◇

「全く……なんで私がわざわざ出向かなきゃいけないのよ……」

昼下がりのハグル家。

本邸の慣れ親しんだ大きな玄関を開け、一人の女性が外に足を踏み出した。

鬱屈とした溜息《ためいき》を吐き、庭園を気力無さそうに歩く彼女の年齢は三十も後半に差し掛かろうと言ったところか。肌の皺《しわ》や弛《たる》みは厚化粧でカバーしているが、若干ふくよかになりつつある体形は誤魔化せていない。

首の辺りで毛先が跳ねたダークブラウンの髪と、頬のそばかすが特徴的な女性だった。

彼女の名はメリサ。ハグル家に仕え、長い間アメリアの担当をしていた侍女である。

「そもそも支度金を忘れるなんて……何を考えてるのかしらあの愚図は……」

吐き捨てるようにメリサは言う。隠す事なく全身から面倒臭いオーラを撒《ま》き散らすメリサは、お世辞にも『出来るメイド』には見えない。

事実、彼女自身は仕事ができない部類の人間だった。

仕事が出来なくても謙虚さや向上心があればまだ可愛いものだが、彼女はその逆で妙にプライドが高く、自分の非を決して認めようとしない厄介な性格の持ち主だった。

それゆえ屋敷内の人間からの評判はすこぶる悪かった。

それにも拘《かか》わらず解雇されなかったのは、新たな雇用費用をケチるほどハグル家の財政が行き詰まっていたという、なんとも皮肉な理由に他ならない。

しかもキャリアは順風満帆とはいえなかった。

ハグル家に仕えて二年目にして当主と不貞を働き離れに隔離されたソフィとその娘の世話係という、左遷とも言える采配を喰《く》らう。

ただメリサ自身、同時期に働き始めた癖に自分より仕事が出来て容貌も良いソフィを常日頃から疎ましく思っていた。

なので、当主を誘惑し不貞を働いたと聞いた時には手を叩いて大喜びした。

その上で、半ば奴隷とも言える立場に落とされたソフィの担当になったとなると、性根がひん曲がっているメリサがただただ仕事を忠実に全うするわけがない。

ソフィと、その娘のアメリアに対し憂さ晴らしとも言える仕打ちをし始めるのは、メリサの性格を考えると当然の流れでもあった。

しかし、それも今は昔。

「居なくなっても迷惑をかけるなんて、なんて子なの……ああもう、イライラするわ……」

アメリアが数日前にあの悪名高きローガン公爵に嫁いだことから、晴れて本邸の担当に戻されたメリサ。しかし、やはり仕事の出来なさは健在で、そのくせ偉そうに先輩風を吹かせるため後輩から白い目で見られる事が多かった。

無駄に歴が長いにも拘わらず、自分よりずっと若い侍女に嘗《な》められるというのは中々に屈辱的だ。

日々募っていくストレス。

そんな中、当主から下された『アメリアから支度金を貰ってこい』という命は……考えてみると、良い気分転換なのかもしれない。

「ええ、そうね。ちょうどいいわ」

一通り愚痴を出し切った後、冷静になったメリサは思い直す。

……悪い方向に。

「久しぶりに、良い憂さ晴らしが出来そうね」

ニヤリと口角を歪めて、メリサはハグル家の馬車に乗り込んだ。

◇◇◇

「……そうでしたか」

夜、執務室。

ローガンが昼の顚末を話すと、オスカーは労《いたわ》しげに目を伏せた。

「やはり、事実だったのですね」

「ああ。アメリアが全て認めた」

いつもの椅子に座るローガンの指が机をトントンと叩いている。

彼が苛立《いらだ》ちを覚えている時に見せる動作だ。

「なんなら、報告書に記載されていた内容はほんの一部だろう。恐らく、俺たちでは想像もつかないような扱いを受けていたのだろう」

思い起こす。

ずっと溜め込んで我慢していたのであろう辛さが、悲しみが、苦痛が、弾けてしまったかのような慟哭《どうこく》を。

ヘルンベルク家に嫁いできてからというもの、明るく前向きな部分ばかり見せていたアメリアだったからこそ、赤子のように泣きじゃくる彼女の姿はローガンに強い衝撃を与えた。

ローガンは拳を強く握りしめる。

「アメリア様は、今どちらに？」

「部屋で寝ている。泣き疲れたのだろう」

「なるほど。何はともあれ、このタイミングで吐き出せて良かったですな」

「ああ。多分、ずっと我慢していたのだろうからな」

彼女の表情の大半を占める笑顔はもしかすると、自分が壊れてしまわないようにと備わった防御機能かもしれないとローガンは思った。

自分の本当の気持ちには蓋をして、とりあえず笑っておけばその場は誤魔化す事ができる。

しかしそれを続けると、自分の知らないところで心に膿《うみ》のような物が溜まっていって、いずれは破裂してしまう。

そうなるといつかの自分のように、心が壊れてしまうのだ。

アメリアもいずれ壊れていたかもしれないと思うと、早いうちに気づけて本当に良かったとローガンは思った。

「オスカー」

「はい」

「明日以降の仕事で、キャンセルできる物、後に回せるものはどのくらいある？」

「そうですね……………ざっと五分の一くらいはあるかと」

「思った以上にあるな」

「ローガン様は引き受けすぎなのですよ。別に、わざわざローガン様じゃなくても回る仕事があるのに、生き急いでいるとしか思えません」

「このところ、それしか楽しみが無くてな」

自分の能力を発揮して誰かに感謝される、認めてもらえるというのは、ローガンにとって最もやり甲斐《がい》のある事だった。

「というわけで、キャンセルできるものはキャンセル、後ろに回せるものは回すことは可能か？」

「もちろんです。むしろ今まで稼働しすぎて相手方も困惑する速さだったので、この期に及んで誰も咎《とが》めはしませんよ」

「そうか……なら良い。調整のほう、よろしく頼む」

「かしこまりました。しかし、なぜ急に？」

オスカーの問いかけに、ローガンは一拍置いてから答えた。

「……少しは、アメリアとの時間も作ろうと思って」

「ほう」

オスカーは興味深げに顎をなぞった。

「楽しみが増えたようですね」

「そういうわけでは……」

ハンカチをわざとらしく目に当てるオスカー。

「色恋沙汰など無縁な仕事人間だったローガン坊っちゃまがついに……」

「いや、だからそういうわけでは……一部そうかもしれんがとにかく別に現を抜かすわけではない、そもそも今回の婚約は契約的なもので」

「妙に早口ですな」

「……とにかく、優先順位が変わっただけだ」

「そうですか……そういうことにしておきましょう」

ニコニコとご機嫌なオスカーに、ローガンは頭を掻きながら溜息をついた。

しかし、すぐに表情を切り替える。

「もう一つ、頼みがある」

「なんなりと」

その面持ちは真剣そのもの。

オスカーの表情も真面目なものに変わった。

ローガンがある要望を口にすると、オスカーの目が見開かれる。

しかし意図を察したのか、どこか好戦的な笑みを浮かべて頭を下げた。

「かしこまりました。ただ、その情報にたどり着くまでには、少々お時間をいただくかと」

「時間は気にしなくていい。ただ、確実なものを取り揃えてくれ」

「はい、必ずや」

オスカーの力強い言葉に、ローガンは「うむ」と頷くのであった。

第四章　泣いたあとは

薄暗闇の中で、誰かの泣き声が聞こえる。
多分、私の声だ。
何も見えない灰色の空間の中でひとり、幼い私が蹲《うずくま》り泣いている。
そんな私を真っ黒な人型のシルエットたちがぐるりと囲っている。
〝お前なんか生まれなければ〟
〝お前に存在価値などない〟
〝お前なんて消えてしまえばいいんだ〟
そんな罵詈《ばり》雑言《ぞうごん》を浴びせられて、私は顔を上げる。
その目にもはや、光は宿っていなかった。
――そうね、皆の言う通り。
――私は生まれちゃいけなかった。
――私なんて、消えて無くなってしまえば……。
思考が闇に引き摺《ず》り込まれようとしたその時……一筋の光が差した。
その光はひとつ、またひとつと増えていき、しまいにはあたりを明るく照らした。

黒いシルエットたちが幾重もの粒子となって消えていく。

私のものではない、落ち着く低音の声が鼓膜を震わせる。

——そんなことはない。

——俺には、お前が必要なんだ。

光の中から差し出される手。見覚えのある、大きな手だ。その手に、私も自分の手を伸ばす。

やがて指先が触れ合い、その手をしっかりと握った瞬間。

私の目にも光が宿って——。

腰に手を回されて、抱き抱えられる。眼前に迫る端整な顔立ちが、優しく微笑《ほほえ》む。

鼻先をくすぐる長めに切り揃《そろ》えた銀髪。吸い込まれるようなブルーの瞳。

いつもはむすっとしている口元が緩んで、言葉を紡ぐ。


——俺と、ずっと一緒にいてくれ。

いつの間にか大人の姿になっていた私はこくりと頷《うなず》き、彼の唇に自分のそれを近づけ——。

「————っ」

弾《はじ》かれるようにアメリアは半身を起こした。

背中、首元、いや、全身が熱い!!

「…………っっっ」

息を止めていたことに気づいて慌てて深呼吸をする。

バクバクと高鳴る心臓を宥《なだ》める。

何度か深呼吸をしてようやく落ち着いてきたが、相変わらず全身が熱い。

自分のいる場所がヘルンベルク家の自室であることを認識してからも、アメリアはあわあわと慌てに慌てていた。

「な、なんで私あんな夢……!!」

くっきりと覚えている。いや、覚えてしまっている。

暗闇を照らす光の中から現れたローガンに抱き抱えられ、見つめ合い、そして……。

(ローガン様と……ローガン様と……!!)

ぼんっと、顔が茹《ゆ》で上がって爆発したその時。

——コンコンッ。

「ぴゃいっ!?」

「失礼します」

シルフィは入室するなり眉を顰《ひそ》めた。

「おはようございます。……ひよこがずっこけたような声が聞こえた気がしましたが、気のせいでしょうか？」

「ききき、気のせいじゃないかしらね……？」

あはは……と誤魔化すように笑うアメリアを見て、シルフィが怪訝《けげん》そうに眉を顰めた。

「凄《すご》い寝汗ですね。また、怖い夢でも見たのですか？」

「怖い夢……」

では、ないけど……。恥ずかしい夢、ではあった。思い出すだけでも息が上がってしまう。

内容を口にしようものなら、のぼせて再び夢の世界行きだろう。

あの夢の続きから始まってしまったら、一生目が覚めない気がする。

（うう〜……心臓がバクバクして止まんないわ……）

俯《うつむ》き、胸を押さえたアメリアは次の言葉を続けられない。

その姿を見て、シルフィは何を思ったのか。

「アメリア様にどんな過去があったのかは存じ上げないのですが……」

シルフィはベッドのそばに膝をついて、アメリアの手をぎゅっと握りしめる。

「シ、シルフィ……？」

「私は、アメリア様の味方ですからね？」

じっと、真剣な瞳でアメリアを見つめシルフィが言った。

（あ……これ多分、勘違いされたやつ……）

ローガンと同じように、シルフィ自身もアメリアに対し何か深い訳があると察していたのだろう。

それと絡んだ悪夢を見たのだと、シルフィは思ったのだ。

……別に、悪夢にうなされていたというわけではない。

むしろその逆の夢だった。だけど……。

――この屋敷にいる者は皆、君の味方だ。シルフィも、オスカーも、もちろん俺も。

昨日の、ローガンの言葉を思い出す。

勘違いさせてしまったことを申し訳ないと思いつつも、シルフィの気持ちを嬉《うれ》しく思った。

彼女は、私の味方だ。

「ありがとう、シルフィ。とても、心強いわ」

アメリアが微笑んで言うと、シルフィもほんのり笑って頷いた。

「さて……とりあえず、お風呂になさいますか？」

「ええ、そうね……」

自分が思った以上に汗びっしょりであることに気づき、アメリアは苦笑いで答えるのであった。

◇◇◇

「……ふぅ」

ヘルンベルク邸が誇る大浴場に肩まで浸《つ》かった途端、アメリアはいつものように息を漏らした。

この家に嫁いできてからというもの毎日のように訪れるくらいには、アメリアはお風呂にハマっていた。いや、ハマったなんてものじゃない。

毎日ご飯を食べるのと同じように、生活リズムの一部に組み込まれてしまった。

お風呂に入ると、嫌なことも、悩み事もどうでも良くなってしまう。

溜《た》まった疲労と一緒にそれらを洗い流すことがアメリアの一日の楽しみになっていたのだが……。

「なんだか、いつもより熱い……」

頬をトマトみたいに赤くして、アメリアは呟《つぶや》く。

頭が茹で上がっているというか、全身に熱が籠っているような感覚。

原因はわかっている。

「うぅ……恥ずかしい……」

ちゃぽんと、アメリアは鼻下まで隠れるように浸かった。

昨晩の夢のせいだ。ローガン様に腰を抱かれ接吻《せっぷん》を迫られるという、今まで見たことのない夢をしっかりと見せつけられてしまった。

普通の夫婦だったらごく当たり前の光景かもしれないが、ローガンとの婚約は契約によるもの。

スキンシップなどほとんど取っていない現状では、アメリアにとって刺激が強すぎる夢だったのだ。

「ローガン様のお顔……まともに見ることができない……!!」

顔を両手で覆い、ざぶざぶと身を揺らすアメリアの姿は初心《うぶ》な乙女そのもの。

ほかほかと身体《からだ》からも湯気が立ち上り、耳まで真っ赤っかだ。

そして、そのうちすぐにのぼせてしまった。

お湯から出て、浴槽の縁に腰掛けて足だけお湯につけていると段々と冷静になってきた。

「うぅ……情けない姿をお見せしてしまった……」

ぽつりと呟き、昨日のことを思い出す。

自分の一番弱い部分をローガンに見つけられ、肯定され、包み込んでもらって……年甲斐《としがい》もなくわんわんと泣き叫んでしまった。

大人っぽい振る舞いを心がけようとか、子供っぽいと思われないように頑張ろうとか、そういった宣誓とはまるで真逆の醜態を晒《さら》してしまった。でも……。

「嬉しかったな……」

長い間、ずっと自分の深いところに押し込んで見えないようにしていた感情を受け入れてもらえて。俺は味方だって、安心していいって、泣いていいって言われて。

本当に、本当に、嬉しかった。

安心、嬉しさ、肯定、解放……さまざまな感情が全部、涙と一緒になって流れ出た。

身体がこれ以上、水分を失えないと涙が止まった後。

嗚咽《おえつ》を漏らすアメリアの背中をさすりながら、ローガンは言った。

——契約とはいえ、俺たちは夫婦になるんだからな。これからも、何か困ったことや、悩みとかがあれば、遠慮なく言って欲しい。

（大切に、されている……）

その強い実感に、アメリアの口元が意図せずにやけてしまう。

「はっ、いけないいけない……」

また顔がだらしない感じになってしまった。

むにょむにょと頬を動かして表情を戻す。

ちゃぽんと、少し冷めた身体を再び湯船に浸ける。

「とにかく……」

「私も、ローガン様のお役に立たないと……」

強い口調で呟く。

自分の持っている力がローガンの力になるかはわからないが、何か助けになりたいと思った。

（旦那様が私を、助けてくれたように……）

そう、強い決心を抱いたその時。

ちりん、ちりん……と、鈴が鳴るような音が脱衣場の方から聞こえてきた。

（……誰か、来たのかな？）

特段、驚きはしなかった。

今までも何度か他の人と湯船を共にすることはあった。

侍女だったり、料理人だったり、掃除係だったり、役職はさまざまだが、それで何人かの使用人と顔を合わせた。『裸の付き合いの前では身分は関係ない』という、東洋の文化を先代様がそのまま引き継いだ故の出会いである。

流石《さすが》に男女で別に分けられているため、異性が来ることはなかったが……。

しばらくして、カラカラと引き戸が開け放たれた。

もうちょうど温まった（なんなら温まりすぎた）し、入れ替わりで出ようかなとアメリアが思っていると。

「おやおや、珍しく先客がいるのう」

アメリアを見るなり、その人物はそう言った。

「陽《ひ》の高いうちに入るお風呂もまた格別じゃ」

その人物は、身体を洗い流したあと湯船に浸かってそう言った。

アメリアの肩幅二人分くらい隣で「ふぃー」と息をついている。

ちらりと、アメリアは横に視線を流した。かなり、お年を召した方だと感じた。

顔立ちには年相応の皺《しわ》が刻まれているがひとつひとつのパーツは整っている。

布で包まれている身体はしっかりと引き締まっており、とても健康的に見えた。

艶やかな金髪はお湯に濡《ぬ》れないよう後ろで括《くく》られていた。

気立の良い老婦人、といった容貌だったが……年齢を感じさせないハリの肌――頬や、布からはみ出た肩――にいくつか古傷があり、それがアメリアの印象に残った。

（どちら様だろう……？）

今まで浴場で会って来た方々とは明らかに纏《まと》っている雰囲気が違う。

佇《たたず》まいの落ち着きというか、気品があるというか。そもそも初手で敬語を口にしていない時点で、少なくとも使用人ではない、相当身分の高いお方だとアメリアは判断した。

「そうまじまじと見るでない、照れるであろう」

「あっ、すみません！」

ばっと、アメリアは目線を元に戻す。

その反応に、婦人は何やら面白いものを見たようにくくくと笑った。

「お嬢ちゃん、見ない顔じゃな。どちら様かな？」

「は、はい！　先日、こちらヘルンベルク家に嫁いで参りましたアメリア・ハグルと申します」

「ほう……アメリアとな」

老婦人は目を細め、アメリアを興味深げに見た。

「そうか……お前さんが、そうなのじゃな……」

「あの……？」

「おお、失礼失礼。わしの名は……」

そこで婦人は一瞬、考えるような素振りを見せてこう言った。

「……キャロルという。ここの当主とは、遠い親戚でのう。たまにここらを訪れた時は、ついでに寄っているのじゃ」

「なるほど、ローガン様の遠縁の方なのですね。よろしくお願いします、キャロル様」

「良い良い、そんな畏《かしこ》まらんでも。堅苦しいのは嫌いでな。キャロルさん、で良い」

「わ、わかりました、キャロルさん」

「うむ」

婦人改めキャロルは、満足気に頷いた。

どこか摑《つか》みどころのない、別の言い方をするとちょっと変わっているお方だなと、アメリアは思った。

「ここの風呂は格別じゃろ」

「はい！　もう、毎日入っても飽きないくらい、堪能させていただいてます」

「そうかえ、そうかえ、それなら良きじゃ」

「キャロルさんも、よく入られるんですか？」

アメリアが尋ねると、キャロルは「ふう……」と息をついた。

「もともと東洋の文化は大好きでのう。若い頃は毎日のように入っておったのじゃが、ここ数年は何かとやることが多くて……頻繁には入れなかったのじゃが、医者に療養目的で勧められたものだから最近はまた入るようにしておる」

「療養……どこかお悪いのですか？」

「先週から、ずっと肩が硬くて痛みがあってな」

「硬くて、痛み」

「そうじゃ」

とんとんと、キャロルが肩を叩《たた》く。

「温めると血流？　血の巡りが良くなって良いと聞いたから、入るようにしているのじゃ」

「なるほど……」

アメリアは顎に手を添え黙考した後、おずおずと申し出た。

「あの、差し出がましい提案ではありますが……」

「ふむ？」

「肩の凝りに効く薬を持ってるので、もしよかったら試してみませんか？」

先程、誓った。自分もローガンの役に立ちたいと。

キャロルがローガンの遠縁の方なら、是非力になりたいとアメリアは思ったのだ。

「ほう……どういう薬かえ？」

キャロルが興味深げに身を乗り出す。

「えっと、ラムーの葉、ラングジュリの花、あとブーメイル草などを組み合わせ、調合した薬です。炎症を抑えたり、血流を良くする効能の塗り薬です。先日、お腰用に調合した薬がまだ余っているので、それをお渡ししようかと……」

「調合……お前さんが作ったのかえ？」

「は、はい……趣味は植物採取と調合でして」

アメリアが言うと、キャロルはくつくつと笑みを溢《こぼ》した。

「聞き及んでいる通りの子だねえ、面白い」

「私のことをご存知で？」

「もちろんじゃ、噂《うわさ》は良く聞いておる」

「噂……」

「天真爛漫《てんしんらんまん》でおっちょこちょい、淑女にしては落ち着きが無く、それから……」

「ああああああもういいです大丈夫ですご勘弁を……」

耳を塞ぎ顔を真っ赤にしたアメリアはイヤイヤと頭を横に振った。

その仕草を見たキャロルはまた、くつくつと笑う。

「……まあ、良い組み合わせじゃな」

「組み合わせ？」

「こっちの話じゃ。して、その薬はどこに行けば貰《もら》えるのじゃ？」

「は、はい！　今日でも明日でも、都合の良い時にお渡しできます！」

「それなら明日でお願いできるかえ？　今日はちょっと野暮用が多くてのう」

「もちろんです！　お渡しする場所は……」

「庭園に来れるかえ？」

「庭園！」

ぱあっと、アメリアは表情を明るくした。

「行きます、行きます！　風邪をひこうが大怪我《おおけが》をしようが、足を引き摺ってでも行きます！」

「いや、それは流石に休んでくれ」

変な子だなあと、キャロルの顔に書いてある。

「それじゃあ明日、庭園で」

「はい！　時間は……」

詳細な時間を取り決めた後、アメリアはキャロルに薬の手渡しを約束したのであった。

この奇妙な縁が、のちに思わぬ方向に転ぶとは知らずに。

◇◇◇

「何を呆《ほう》けているのだ？」

夜、夕食刻。今日のご飯は何かな～るんるんと、軽い足取りで食堂のドアを開けるや否や固まった。いつもアメリアが座る席の隣に、腕を組んだ美丈夫がいたためだ。

「ロロロローガン様……!?」

「俺の名前はそんなリズミカルじゃない」

相変わらずの真顔で言うローガンは、いつもの仕事着ではなく普段着だ。

「どうした、早く座れ」

「は、はい……」

慌てて隣に腰を下ろす。

食卓に並ぶ美味《おい》しそうな料理の匂いに混じって、仄《ほの》かにシトラス系の香りが漂ってきた。

安心する、匂いだ。

「お仕事、今日は早めに切り上げられたんですね」

「ああ、ありがたいことにな。これからも、そう遅くはならないと思う」

「これからも？」

アメリアがこてりんと小首を傾《かし》げると。

「ここ数日、あまりにも顔を合わせなすぎたからな」

ローガンは視線を逸《そ》らし、頭を掻《か》いてから言った。

「君との時間も取ろうと思って、仕事の量を減らしたのだ」

きゅうっと、アメリアの胸が締まった。きゅん、だろうか。

自分のためにわざわざ時間を作ってくれた事が、とにかく嬉しかった。

（優しすぎませんか、旦那様……!?）

なんてことを思っていると。

「なんだ、俺との時間が増えることが不満か？」

アメリアの反応がないことに、ローガンがそんな疑問を口にする。

「い、いえ！　そういうわけでは……むしろ、逆です……」

「ほう？」

口角を持ち上げるローガンに、アメリアは小さな声で「嬉しいです」と言った。

「どうした、聞こえんぞ？　ん？」

「……ぅ、ぅれし……」

「ん？」

「う、嬉しいですっ」

ぷしゅーと、アメリアの頭から湯気が立ち上る。

ぷるぷると、ドレスを握る手は羞恥で小さく震えていた。

「うぅ……ローガン様、意地悪です……」

「すまん、すまん、あまりにもからかい甲斐《がい》があるものでな」

ローガンが口に握り拳を当て控えめに笑う。

今日はやけに上機嫌だった。意外と……いや、意外でもないか。

ローガンはサドっ気とやらがあるのかもしれない。

「さて、冗談はさておき。冷めないうちにいただくとするか」

「は、はいっ」

食前の祈りを捧《ささ》げてから、夕食が始まる。

今日も今日とて目前にはカロリーがしっかりめな料理がずらりと並んでいた。

しかし、まだ慌てる時じゃないと、まずは前菜のサラダを頂く。

みずみずしいレタスと大根の千切りが酸味のあるソースと絡んでとても美味しい。

初日は飢えによる食欲が爆発してしまい、セロリを口から生やしてしまうという淑女としてあるまじき醜態を晒してしまったが、数日も経《た》てば食べ方も落ち着いてきている。

母親から学んだ食事の際のマナーが貴族界でどれほどカバーできているかはわからないが、少なくともわんぱくさはマシになったと言えよう。

……たまに、新メニューが美味しすぎてはしゃいでしまうことはあるけども。

サラダを食べ切って、ローガンも食べ終えるタイミングを見計らってから、アメリアは言う。

「あの、改めてありがとうございました」

「なんの礼だ？」

「昨日の、件です」

昨日は大泣きの後、泣き疲れてへとへとになったアメリアをローガンはそのまま自室に連れて行ってくれた。その間はずっと嗚咽を漏らしていて、ちゃんとしたお礼を言えていなかった。

「気にするな。君が色々と吐き出せたのなら、それでいい」

なんでもない風に言うローガンに、アメリアの胸の内にちくりとした痛みが走る。

「重ねて、申し訳ございません……たくさんお手間を取らせてしまって、それから……」

ぎゅっと、ドレスを握りしめ。

「……はしたない姿をお見せして、申し訳……あてっ」

ローガンに人差し指で額をつんとされてしまった。

なにするんですか、と額を押さえてローガンを見る。

「君は少々、気にし過ぎる所があるな」

真面目な声色で、ローガンは言った。

「実家であれだけの扱いを受けてしまっては、自己肯定感が低いのは仕方がないことだが、仮にも俺の妻となるのだ。もう少し、胸を張れるようにならないとな」

「胸を、張る……」

「他人の目にビクビクするのではなく、私はこうしたい、私はこう思う、という自分の意思を持つ事が大事だ」

確かに、と思った。シルフィにもオスカーにも同じようなことを言われてしまった。

公爵夫人になる者としては、自分の振る舞いはおどおどしすぎと言うか、『らしくない』のだろう。

「は、はい……申し訳ありません」

「その謝り癖も直さないとな。謝罪の安売りは自分にも跳ね返ってくる。こういう時は、一言でいい」

「はい…………えっと……」

しっかりと考えてから、頭に浮かんだ一言を紡ぐ。

「ありがとう、ございます？」

「いい子だ」

ぽんぽんと、ローガンはアメリアの頭を撫《な》でた。大きくて優しい感触。

昨晩の夢のこともあって、アメリアの頬が一気にいちご色に染まってしまう。

心臓がうるさい、顔が熱い。

でも……心はなんだかほかほかしていて、心地よい。

アメリアはぺこりと頭を下げた後、次の料理に手を伸ばした。

自分がわかりやすく照れていることを誤魔化すように。

「お、美味しい……!!」

牛スジ肉のワイン煮込みをバゲットに載せて食すという、悪魔が考えたとしか思えない料理を口にした途端、思わずアメリアは歓喜の声を上げてしまった。

　スジといえば硬くて味がしなくてそんなに美味しいものではなかった（とはいえ実家で出てくる料理の中ではマシな方だった）が、この牛スジは長時間煮込まれたためかトロトロで、噛《か》んでも抵抗なくほろりと溶けてしまう。

　一緒に煮込まれている玉ねぎもにんじんも、野菜本来の旨みがじゅんわりと染み出していて、カリカリのバケットと非常によく合った。

　今まで味わったことのない未知の美味しさにアメリアが幸福の表情を浮かべていると。

「君は、本当に美味しそうに食べるな」

　じっと、ローガンがアメリアに視線を注いだまま言う。

「も、申し訳ございません、はしたなくて……」

「謝り癖」

「あ！　えっと、ありがとうございます？」

「それはまた違うだろう。まあいい」

「うう……難しいですね……」

「そもそも、別に怒っているわけではない。むしろ、良いことだ」

「そうなのですか？」

「俺個人としてはな。公の場では、気をつけたほうがいいと思うが」

「うっ……気をつけます」

でも美味しい、止まらない。

牛すじ煮込みの次は、海老《えび》の揚げ春巻きにフォークを伸ばした。

ぷりっぷりの海老とザクザクキャベツが、カリッとしたガレット生地に包まれていて味はもちろんのこと食感でも楽しませてくれる。

「んぅ～～～……」

程よく効いたスパイスの味の中から、肉厚な海老がこんにちは。

そこにあっさりキャベツも加わりくどさも残らない。

美味しいし、胃もたれもしない、ずっと食べていたくなる一品だと思った。

後ろでは相も変わらず、いつものシェフが満足そうに頷いている。

「だいぶ、肉付きも良くなってきたな」

また、ローガンがアメリアを見て言う。アメリアのフォークがぴたりと止まった。

「えっ……ちょっとふくよかになってしまいましたかね……？」

「逆だ、もっと食べた方が良い」

優しい瞳でローガンは言う。

「今まで食べなすぎたのだ、たくさん食べて、標準まで戻せば、より一層……」

そこで、ローガンは口を噤《つぐ》んだ。目を逸らし、沈黙する。

アメリアはこの挙動が、ローガンに照れが生じた時の癖であることをなんとなく覚え始めていた。

「ローガン様？」

「……なんでもない。とにかく、腹を痛めない程度にたくさん食え」

「は、はい！　お腹《なか》を痛めてお騒がせなんて事は、二度といたしません！」

「殊勝な心がけだ」

ふ、とローガンは満足気に笑みを浮かべた。

夕食も終盤。アメリアがたっぷりキノコの東洋風パスタに舌鼓を打っていると、またまたローガンが口を開いた。

「そういえばふと小耳に挟んだのだが」

「ふぁい？」

「口からキノコを生やしている時は喋《しゃべ》らなくていい」

もぐもぐ、ごくん。

「す、すみま……あっ」

「その使い方は正しい。意識はしているようで何よりだ」

「はい、お陰様で……それで、小耳とは？」

「先日、君は皆に料理を振る舞ったそうだな」

思い出す。一昨日の雑草ディナーを。

「料理、と言うほど大層なものではありませんが……季節の雑草を使った、ちょっとしたものを調理して、皆さんにご賞味いただきました」

「なるほど」

当時シルフィが懸念した、主人と同じものを食べていいのかという部分をアメリアはすっかり失念していたが、その辺りはローガンは特に気にしていないようだった。

「聞いたところによると、なかなか好評だったそうだな」

「はい、嬉しい限りです」

「季節の雑草か、また面白そうな」

「興味がおありで？」

わくわくが隠しきれない表情で、アメリアが尋ねる。

「ああ、高級志向の料理を一通り食べると、たまには珍しい食材を使った料理も口にしたくてな。裏庭に生えている植物がどのような味の変化を遂げるのか、興味がある」

「な、なるほど……」

いくら豪勢な食事とはいえ、日常的に食べていたら飽きが来てしまうのだろうか。

今までの食事が貧相すぎたアメリアには分からない感覚だった。

（やっぱり、公爵様ってすごい……）

改めてそんなこと思うアメリアに、ローガンが言う。

「そのうち、食べさせてくれ」

「はい、もちろんです！」

アメリアが満面の笑みで頷く。

そのリアクションにローガンはまた、視線を微《かす》かに逸らした。

しかしアメリアは（調理器具の使い方、シェフの皆さんに教えてもらわなきゃ……）などと考えていたため、それに気づく事はなかった。こうして、夕食の時間は過ぎていく。

久しぶりにローガンとゆっくり夕食を囲んで、話せていないことも話せて。

とても楽しいひと時を過ごすことができた。

改めて、アメリアは思う。誰かと一緒に食べるご飯は、一人で食べるよりもずっと美味しい、と。

◇◇◇

翌日。アメリアはいつもより早く起き、シルフィが来る前に部屋を出た。

部屋には書き置きをしてきたため、『アメリア様が行方不明！』という事態にはならないだろう。

「ふあ……」

眠い目を擦《こす》りながら、キャロルに指定された場所にアメリアは足を運ぶ。

屋敷を出てトコトコと歩きやってきたその場所は、だだっぴろい庭園のとある一角。

背の高い木にぐるりと囲まれた、大きな池だった。

なぜこの場所を指定されたのかアメリアは一瞬疑問に思ったが、目の前に現れた池を前にした途端考えは吹き飛んだ。ついでに眠気も吹き飛んだ。

「たまには早起きもしてみるものね」

アメリアは弾んだ声で言う。

豊富な水源から湧き出ているのか、池は透明度が高く美しい鯉《こい》が何匹も泳いでいる姿が見えた。

「きれい……」

朝の気持ちの良い陽光が反射して、キラキラと輝く水面に対するコメント……ではない。

その水面に浮かぶ浮草に、アメリアの視線は注がれていた。

伯爵家といえど、流石に池は実家に無かった。

なので浮草を見るのはアメリアにとって初めてだ。

初めてと言う事はつまり、アメリアには見たことのないご馳走《ちそう》に見えている。

本日もアメリアの植物フェチは健在である。

「手を伸ばせば、取れそう……」

ぽつりと呟くアメリアの瞳がきらりんと輝く。

意識が浮草に集中し、周りの音が遮断される。

まるで光に吸い寄せられる虫のようにふらふらと池のほとりに足を伸ばし、しゃがみ込んで手を伸ばそうと……。

ちりんっ。

「待たせたのう」

「わっ！」

研ぎ澄まされた意識の外から、鈴の音と他人の声が同時に鼓膜を叩いてアメリアは飛び上がった。

「あっ……!!」

飛び上がった拍子に体勢を崩し、上半身がぐらりと池の方へ引っ張られる。

（お、落ちる……!!）

次に襲ってくるであろう衝撃と水の冷たさを覚悟したアメリア――。

しかしその瞬間、ガシッと、手首に力強い感覚。

グイッと後ろに引かれる力に驚く間もなく、体勢を元に戻された。

「はあっ……はあっ……」

一気に荒くなった呼吸と早まる鼓動を落ち着かせてから顔を上げると。

「朝風呂に飽き足らず朝池とは、お前さん、なかなか乙な趣味を持っているな？」

昨日ぶりの婦人……キャロルが、面白いものを見るような目でアメリアの腕を摑んでいた。

「本当に申し訳ございません！」

あわや朝池を回避した後。

アメリアは、キャロルに全力で頭を下げた。キャロルの服装は豪勢なドレス……とは真反対の、使用人が着用しているような質素なものだった。

一見すると庭の手入れしのようにも見えるが、ローガンの遠縁の、そしておそらく高い地位におられるであろうご婦人である。

池ぽちゃを救助してもらうなど、淑女が聞いて呆《あき》れる体たらくである。

「それから、ありがとうございました!!」

より深々と、アメリアは頭を垂れる。心の底からの、誠心誠意の謝礼であった。

「気にせんでいい。むしろ、朝から面白いものが見られて満足じゃ」

キャロルはくつくつと笑みを溢しながら言う。

「ご寛大なお言葉……痛み入ります」

「堅苦しいの嫌いじゃゃ、と言ったろう。そんな畏まらんでいい」

「は、はい……申し訳……いえ、ありがとうございます」

「うむ」

満足気に、キャロルは頷いた。同時に、アメリアは「あっ」と気がつく。

「えっと、あの……」

「なんじゃ?」

「先ほど、私を助けてくれた時に、その……肩、大丈夫でしたか?　あれで余計に痛めていたら、申し訳ないなと……」

いくらアメリアが小柄とはいえ、ひと一人を引き寄せる負荷はそれなりのものだ。

「ああ、なんじゃそんなことか」

キャロルが右肩を回しながら言う。

「ああいうのは肩の力ではなく、身体の軸と捻《ひね》りをうまく使って引っ張るのじゃ。故に、あれくらいどうってことない」

「な、なるほど……そういうものなのですね」

流石、年の功と言うべきか。身体の使い方のコツが染み込んでいるのであろう。

何もない所で躓《つまず》きがちなアメリアは、ぜひ見習いたいものだと思った。

「こちらが、お薬です」

気を取り直して、キャロルに薬の入った小瓶を渡す。

「これを、寝る前に肩の痛むところに塗ってみてください。夜の間に痛みを抑える成分が染み込んで、翌朝にはかなり楽になっていると思います」

「寝る前に塗るのじゃな。わかった、ありがとう」

「いえいえ、どういたしまして」

小瓶を嬉しそうに眺めるキャロルに、アメリアは小さく笑みを浮かべた。その後、アメリアとキャロルは地面に横たわる太めの木に腰掛け、美しい池を眺めながら言葉を交わした。

「良い場所じゃろ？」

「はい、とても」

アメリアは即答する。

「空気も綺麗《きれい》で、池も澄んでいて、浮草も綺麗で……本当に、素敵な場所です」

「浮草を褒める者は初めてじゃな」

「あ、あはは……ちょっとだけ、植物……というより、自然が好きでして」

「その気持ちはわかるのう」

キャロルが、新鮮な空気を深く吸い込んでから言う。

「若い頃はバリバリ働いていた分、引退してからは自然と戯れるのもまた一興と思うようになってな。この邸宅に来た時には、庭園を散歩するのが日課になっておる」

「自然と戯れる素晴らしさ、わかります……!!」

アメリアが身を乗り出す。

「私も自然が好きで、草や花はもちろん、山も川も森も全部大好きで、海はまだ見たことがないので是非いつかは見に行きたいなと思って……あっ……」

自分が気付かぬうちに前のめりになっていることに、アメリアは気づく。

そんな彼女の姿を見て、キャロルは「やはり、面白い子じゃのう」とくつくつ笑った。

「す、すみません、思わず興奮してしまい……」

「気にするでない。自分の好きなことを率直に好きと言えることは、とても良いことじゃ」

「そう仰《おっしゃ》っていただけると嬉しいです……ここには、よく来られるのですか？」

キャロルの肩がぴくりと震える。

「ここは、お気に入りの場所でな」

懐かしい記憶を呼び起こすように、キャロルは空を見上げて言う。

「若い頃は、現当主とよく来たものじゃ。あやつもまだ、それはもう小さくて可愛《かわい》げがあってのう」

「ローガン様とですか？」

「そうじゃ」

キャロルが頷く。アメリアは想像する。ローガンの幼い頃を。

（それはそれはもう……可愛らしいお姿だったんでしょうね……）

様々な植物を組み合わせる中で培った、アメリアの豊かな想像力が炸裂《さくれつ》。

むすっとしていて目は鋭いけど、小さくて愛くるしいローガンの姿……凄《すさ》まじいギャップと破壊力だ。

「何を悶《もだ》えておるのじゃ？」

「い、いえ……なんでもございません……」

頬の赤みを悟られないよう顔を手で覆って、ごほんと咳払《せきばら》い。

なんだか気恥ずかしくなって、話題を変える。

「いつも、お一人で来られるのですか？」

「騒がしいのは嫌いでな。自由にふらふらと歩き回っておる」

「そう、なのですね」

（大丈夫かしら……だいぶ、お年を召しているご様子ですし……）

そんなアメリアの心内を読んだのか。

「心配しなくても、いざとなったら人を呼べる手段はある」

言って、キャロルは腰につけた大ぶりな鈴をちりんと鳴らしてみせた。

キャロルが来た際に聞こえた鈴の音はこれか、とアメリアは合点がいく。

「この鈴を激しく鳴らせば、かなり遠くまで聞こえて人が駆けつけるようになっておる」

「なるほど、それでしたら安心ですね」

「歳《とし》には勝てんからのう」

くつくつと、キャロルは全く悲観した様子もなく笑う。

この歳まで楽しく充実した人生を送ってきたと言わんばかりだ。

どことなく、アメリアは羨ましいと感じた。

「さて、じゃあそろそろお暇《いとま》するかのう」

キャロルが立ち上がる。

「あ、はい！　改めて、ありがとうございました」

「うむ。こちらこそ、お薬ありがとう」

最後にそう言って、キャロルは背を向け立ち去った。

どこか摑みどころのない雰囲気に、不思議なお方だなあとアメリアは改めて思うのであった。

「さて……」

アメリアも立ち上がり、池……の水面の浮草を見下ろす。

お待ちかねの浮草ゲットタイムだ。

せっかくなので、これだけは持って帰りたい。

池のほとりに歩を進め、膝を曲げる。

今度は池ぽちゃしないよう、慎重に手を伸ばした。

「んん――……後もうちょい……」

あともう少し身長が高ければ確実に届いていた。

身長が伸びなかったのはきっと実家での貧相な食事のせいだ。おのれ恨めしい。

（いや、もう少し頑張ればいける……!!）

意識が浮草に集中し、周りの音が遮断される。生涯において未《いま》だ手に取ったことのない財宝《くさ》を手に入れるべく、アメリアは力の限り腕を伸ばして――。

「アメリア様」

「わっ！」

研ぎ澄まされた意識の外から、聞き覚えのある声が鼓膜を叩いてアメリアは飛び上がった。

既視感。

「あっ……!!」

飛び上がった拍子に軸がずれて、上半身がぐらりと池の方へ引っ張られる。

既視感その二。

（お、落ちる……!!）

ガシッと、両肩に力強い感覚。

池にダイブするはずの身体は、第三者の力によってしっかりと体勢を元に戻された。

既視感以下略。

「はあっ……はあっ……」

再び浅くなった呼吸と、バクバクと高鳴る心臓を宥めて振り向くと。

「失礼、そこまで驚くとは思っておらず……危うく、水の妖精になる所でしたな」

オスカーが、ほっとしたように言った。

◇◇◇

「本当に本当に本当にごめんなさい!!」

二度目の朝池を回避した後。

今度はオスカーに、アメリアは全力で頭を下げた。

「それから、助けてくれてありがとう……!!!」

心の底からの、誠心誠意の謝礼。

もはや何度目かわからないデジャヴである。

「いえいえお気になさらず」

優雅に微笑んで言ってから、オスカーは頭を下げる。

「むしろ私の声がけのタイミングが悪かった故、あわや大惨事になるところでしたね、申し訳ございません」

「あっ、頭を上げて、オスカー」

わたわたと、アメリアはオスカーに言う。

「完全に私の浮草を取りたいという強欲が原因だから、オスカーが謝る必要は全くないわ」

「なるほど、浮草ですか」

オスカーは池に目をやって、合点のいったように頷く。

「植物好きは、今日も健在ですな」

「あはは……」

いくら好きとはいえ、それで周りが見えなくなるのは直さなければいけない癖だと、アメリアは思った。

「ところで、アメリア様はなぜここに？」

「キャロルさんという、ローガン様の遠縁の方と会っていたの」

「ほう、キャロル様……」

オスカーの目が細くなる。

「どこか摑みどころのない、飄々《ひょうひょう》とした老婦人であったりしますか？」

「そう！　その方がキャロルさんです！　お知り合いですか？」

アメリアが尋ねると、オスカーは顎に手を添え考え込む仕草を見せた。

（……何か、変なこと言ってしまったかしら？）

アメリアが疑問に思うも一瞬のこと。

「ええ、もちろん。キャロル様ですよね、存じ上げていますとも」

にこりと、オスカーは微笑みながら頷きアメリアは安堵《あんど》した。

「彼女は我がヘルンベルク家と古くからご縁がありまして、時たま我が邸《やしき》にいらっしゃるのです」

「なるほど、そうだったのね」

公爵家と古い縁……というと、同じ公爵の位を持っている方かもしれない、とアメリアは思った。

公爵は原則として王族の親族しか与えられない、貴族の中では最も高位の位だ。

例外として、国家に莫大《ばくだい》な利益をもたらす業績を残したり、戦争で多大なる功績を残した場合に公爵の爵位を授けられる場合がある。

確かヘルンベルク家は後者の経緯で公爵の位を授与されたと、アメリアは記憶している。

先代か、先々代か、どのような業績を収めたのか気になるところではあった。

「して、キャロル様とはどのようなご縁で？」

オスカーが尋ねてくる。

「えっと……」

アメリアは昨日の大浴場でのキャロルとの出会いと、肩の痛みの薬を渡したことの一幕をオスカーに説明した。

「なるほど、そんな経緯が……」

神妙な顔つきで呟くオスカー。また顎に手を添えて、黙考の姿勢に移る。今度はやけに長い。

「オスカー？」

「ああ、失礼いたしました。少し考え事をしておりまして」

「考え事？」

「いえいえ、お気になさらず」

「そう？」

気にしないで良いというなら、気にしないでいいか。

根が楽観的なアメリアは、そう結論づけた。

「そういうオスカーはどうしてここに？」

「シルフィに聞きましてな。アメリア様はこちらにいらっしゃると」

「シルフィに？」

「ええ」

「ということは、オスカーは私に用があって？」

「左様でございます」

「珍しいわね。オスカーが私に直接来るなんて」

「用は二つございます。ひとつは、アメリア様に直接お礼を言おうと思いまして」

「あ、お腰！　良くなったの？」

「ええ、お陰様でバッチリ効果がありました。以前はしゃがむ動作に痛みがございましたが……」

オスカーが池のほとりに歩を進める。それからしゃがみ込み、手を伸ばした。

「おかげさまで、取れるようになりました」

オスカーはにっこりと笑って、水を切った浮草をアメリアに差し出した。

アメリアの表情にぱああっと笑顔が咲く。

「ありがとう、オスカー！」

浮草を受け取って、アメリアはとてもご満悦だ。

「お安い御用です」

にこりとオスカーは微笑んで。

「むしろ、お礼が遅くなって申し訳ございません。そして、ありがとうございました」

深々と、頭を下げた。

「どういたしまして。こちらこそ気にしないで、お腰が良くなって何よりだわ」

余裕そうに言うものの、浮草を手に入れられた事と自分の能力がオスカーの助けになった事。

嬉しさ二倍で、アメリアは口元の緩みを抑えることが出来ない。

（良かった、役に立てて……）

心底、アメリアはそう思った。

「そしてもう一つの用の方が本題なのですが」

「はい」

本題と言われて僅かに身構えるアメリア。どこか微笑ましげに、オスカーは言った。

「ローガン様がお呼びですよ」

◇◇◇

「失礼いたします」

浮草を自室にて大事に保管した後。

オスカーに連れられ、アメリアは執務室にやってきた。

部屋の奥で仕事着姿のローガンが、大きな机で書類を処理している。

「来たか」

顔を上げずに言うローガン。その手元では、目にも止まらぬ速さでペンが踊っている。

「すまんな、急に呼び出して」

「とんでもございません。それで、御用とはなんでしょうか？」

ぴたりとローガンがペンを止めてから、立ち上がる。

「かけてくれ」

「は、はい」

テーブルに促され、ローガンの対面に腰掛けようとすると。

「なぜ対面に座ろうとする。隣で良いだろう」

「へっ……あっ、はい」

むすっとした表情で言われ、変な応答をしてしまった。

（そ……そうよね、私たちは夫婦だものね……）

おずおずと、ローガンの隣に腰掛ける。ふわりと漂うシトラス系の香り。

ローガンの熱と、息遣いを感じる。

アメリアの心の芯が、徐々に温度を上げていった。

（いけない、いけない……この期に及んでドギマギしてどうするのよ）

アメリアは頭を振って、努めて平静を装うのであった。

「紅茶でいいな？」

「はい、ありがとうございます」

平静を装うのも束《つか》の間《ま》。

オスカーに二人分の紅茶を頼むローガンを見て、アメリアはひとり嬉しくなってしまう。

思わず緩みそうになる頬に自制をかけている間に、ローガンは正面を見たまま切り出した。

「近々、エドモンド公爵家の茶会がある」

「お茶会、ですか」

アメリアがローガンの方を見る。

「そうだ、エドモンド家については知っているな？」

「名前くらいは……確か、国内でも指折りの名家で、爵位は王族からの世襲ではなく先々代の功績によって授けられた、と聞き及んでおります」

隔離され、貴族界の知識に乏しいアメリアの知っている数少ない家の一つであった。

なぜ知っているのかというと。

（……確か、エリンが呼ばれるたびに新しいドレスを買っていたわね）

その度に自慢を聞かされ続けたからである。

「今はそれで充分だ」

ローガンは続ける。

「エドモンド家は、茶会と称して定期的に交流会を開催しているのだが、先方とは古くから長い付き合いでな。俺が婚約したと聞いて、招待状を出してきたのだろう」

「はあ、なるほど……」

「是非とも、婚約者と一緒に参加して欲しい、とのことだ」

「婚約者ということは……私とですか!?」

思わず声を上げてしまうアメリアに、ローガンは頷く。

「先方も君の噂のことは把握しているだろうが、我が家との関係性を考慮して招待せざるを得なかった、というのが本音だろうな。普通、茶会は令嬢メインの場だが……俺も一緒に参加してほしいと言うあたり、念のための保険をかけたというところだろう」

貴族界でのアメリアの噂は悲惨なものだ。

傍若無人の人でなし、ロクに人と話さない無愛想な子、我《わ》が儘《まま》で自分勝手、などなど……。

その噂通りの人物なら、お茶会を台無しにしかねない。

出来れば招待したくないと考えるのが普通だろう。

しかし、ヘルンベルク家の現当主が婚約したとなり、両家の関係性を鑑みると招待しないわけにもいかない。

かと言ってアメリア単体を招待するのは……と様々な思惑の末に、ローガンも一緒に（婚約者ご一緒にという体で）どうぞ、という結論だったのだろうとアメリアは想像した。

「何やら、ややこしい事態にしてしまって、申し訳ございません……」

「君が謝る必要はない。悪いのは実家の連中だからな」

ローガンがそう言ってくれて、アメリアの心の荷が少しだけ軽くなった。

「それで……どうする？」

ローガンに訊《き》かれて、アメリアは考える。

（お茶会、かあ……）

正直なところ、前向きにはなれないアメリアだった。

自然と、俯いてしまう。

自分には未だに悪い噂が付き纏っているし、何よりも……自分の身を晒したくないという思いもあった。ロクな栄養を与えられなかったことが原因とはいえ、自分は醜穢《しゅうわい》令嬢だの骨だの言われてしまう容姿であるとアメリアは思い込んでいた。

もちろん、この家に来てちゃんとした栄養を摂《と》り始めて肉付きを取り戻し、本来の容姿を取り戻しつつはあるが……そんな自覚など、アメリアにあろうはずもない。

家族に散々言われ放題されてきた故の自己肯定感の低さは、アメリアの心の根に強く深く絡み付いていた。

よって、わざわざ人目につく場所に行きたくないと言うのが本音であった。

（……それに、きっと、ローガン様に恥を掻かせてしまう）

こっちの本音の方が、大きくはあったが。

思い悩んでいる様子のアメリアに、ローガンは言う。

「別に、断ってもいいと思っている」

アメリアが顔を上げる。

「君に関する悪い噂が蔓延《はびこ》っている現状では、行き辛《づら》さもあるだろうからな。エドモンド家夫妻とはそれなりに交遊があるから、先んじて俺の方から誤解を解くことはできるが、参加者全員にとなると流石に厳しい。ほぼほぼ確実に良い目では見られない。それに……」

しばし間を置いて、ローガンは言う。

「まだ招待客は固まってないし、どの家が来るかはわからないが……君の実家の令嬢も参加する可能性もある。心情的に辛《つら》い部分もあるだろう」

「その可能性は……ありますね」

実家にいた頃、エリンにされてきた様々な仕打ちが脳裏に蘇《よみがえ》ってきて、冬でもないのに背筋が強張《こわば》る。

「可能性の話ではあるがな。ただどちらにせよ、君の大きな負担になるのは間違いない。だから、断ってもいい。エドモンド家とは懇意にさせて貰ってるし、一度断りを入れたくらいでどうこうなるという関係でもないから、その点は気にしなくていい」

「お心遣い、ありがとうございます……」

（ローガン様には申し訳ないけど……出来るならそうしたい、でも……）

何故《なぜ》かアメリアは、本当にそれで良いのかという引っかかりを心に覚えていた。

うまく言葉にできないけど、確かにあった。

俯き、黙りこくるアメリアにローガンが言葉を投げかける。

「これは、俺の自分勝手な考えなのだが……」

ここからが本題だと言わんばかりの声色。

「見方を変えれば、今回の茶会は君にとって良いチャンスかもしれない、とも考えている」

その言葉に、アメリアはローガンの方を向く。そしてすぐ、首を傾げた。

「チャンス……ですか？」

「そうだ、チャンスだ。君の悪い噂を払拭する、な……」

アメリアがローガンの言葉の真意を計りかねている間に、オスカーが紅茶セットを手に戻ってきた。目の前に二人分の紅茶が並べられる。

こぽこぽと注がれる紅茶から漂う香りに、ざわめいていた気持ちが少し和らいだ。

「ありがとう、オスカー」

「どういたしまして」

オスカーはにっこり笑って一礼してから、後ろに下がった。

ローガンに促され、ふーふーしてから「いただきます」とカップに口をつける。

ダージリンのマスカテルな香りが鼻腔《びこう》をスッと抜ける。

舌先を伝って口内を豊潤な味が染み渡ると、思わず「ほ……」と息が漏れた。

（やっぱり、好きだなあ……）

しみじみと噛み締めながらカップを置いて、次の言葉を待つ。

ローガンも飲み終えてから、再び口を開いた。

「正直に言って、今の君は噂とは似ても似つかない人格者だ。茶会に行って、普通にコミュニケーションをとればすぐに誤解は解けるだろう」

「そう、でしょうか……？　あまり自覚はないのですが……」

「その自覚が無いところも含めて、だな。少なくとも君は、傍若無人でも、我儘でも、ましてや人でなしでもない。むしろその逆だ。俺が保証する」

「それは、その……ありがとう、ございます」

ありのままの素の自分を、噂とは違う、むしろ逆の人格者だと褒めてくれた。

アメリアの心の中に言いようのない『喜』の感情が溢《あふ》れ出る。

しかし一方で、その言葉にピンときていない自分もいた。

「……多少は礼儀作法というか、外での振る舞い方を学ぶ必要はあると思うがな」

「うっ……それは、お恥ずかしい限りです……」

「最初から出来る者などいない。何事も経験だ、出来ないことは学べば良い。優秀な君のことだ。さほど時を要さず一通りマスター出来るだろう」

「そんな……買い被《かぶ》りすぎですよ」

「買い被る必要もないほど自分の能力が高い事を、まずは自覚した方が良いな」

「うぅ……はい……」

肯定はしたものの、やはりピンとは来ていない。

それに、こうも褒めちぎられると胸の辺りがムズムズして落ち着かない。

今までこうして誰かに肯定されてきた経験が乏しい分、リアクションに困ってしまう。

気恥ずかしさを誤魔化すように、違う会話を口にする。

「でも、その……そもそも私、こんな見てくれですし……醜穢《しゅうわい》とか、骨とか、今まで色々……」

後半にかけて、アメリアの声が小さくなっていった。

こんな醜くてげっそりした自分がローガンの隣に並んだら、きっと恥を掻かせてしまう。

そう思うと、居た堪《たま》れない心地になった。

ぎゅっと、膝上でドレスを握り締めるアメリアに、ローガンは頭を掻いてから言う。

「もう一つ、君が自覚した方が良い点だが……」

「はい」

なんだろう、とローガンの次の言葉を待つ。しかしなかなか切り出さない。

たっぷりと間を置いてから、ローガンは言葉を紡いだ。

「……君は、とても綺麗だよ」

ぼんっと、アメリアの頭上から湯気が噴き出した。

「そんな……ご冗談を……」

「本心だ」

真剣な表情で、ローガンは言う。

「前にも言っただろう。君は今までの栄養状態が悪すぎたから、本来の姿が損なわれていただけで
……本当はとても見目麗しいのだ。だから、自信を持て」

いつもより早口でローガンが言ってから、微かに目を逸らす。

彼が気恥ずかしさを覚えた時の動作だ。

慰めやお世辞ではない、本心で言っているのだと流石のアメリアもわかった。

「とても嬉しいお言葉……ありがとう……ございます」

また後半の声が小さくなる。でも今度は、気恥ずかしさからだ。

自分の大きなコンプレックスとも言える容姿をローガンに褒めてもらえると、天にも昇ってしまうような気持ちになる。顔に熱を感じる。自身の心臓の確かな高鳴りを感じる。

だけど、正直なところ先ほどと同様ピンとは来ていなかった。

ローガンからの評価を素直に受け入れるには、これまで浴びせられてきた心ない言葉の数々によるマイナスの力が強すぎた。

しかし、だからと言って今までと同じように、「どうせ私なんて……」と下を向き続けるのも違うと思った。ローガンの提案の意図はわかる。

彼の言うアメリアの評価が正しいのであれば出席し、周りの認識を変えるべきなのだろう。

（だけど、怖い……）

もし受け入れられなかったら？

もしまた、たくさんの人々に蔑まれ嘲笑されたら？

（そして何よりも……ローガン様に迷惑をかけてしまったら……？）

そんなネガティブな感情が胸中を泥のように塗り潰す。

しかし、それらマイナスの感情を覆い潰すかのように。

心の奥底に眠っていた、熱い意志が姿を表した。

昔の自分には持ちようのなかった意志。

それは――このままではいけない、という強い思いだった。

（ああ、そうか……）

今、わかった。さっきの、心の引っかかり。

（私は、変わりたいんだ……）

まだ温《ぬく》もりを残したダージリンを見下ろして思う。

ローガンの嗜好《しこう》がコーヒーから紅茶に変わったような、些細《ささい》な変化でも良い。

自分が動くことで、少しでも状況を変えたいと思った。

今までは、逃げて、周りに流されて。

自分の意思を持たず状況が変わるのをただ耐えて待つだけだった。

今回のお茶会も、断って出席しない選択を取れば楽だろうし、自分は傷つかない。

それも一つの選択、だけど。

（私は、変わりたい……）

自分が何もしなかったら、何も変わらない。

他力本願なんて運任せで、下手したらずっと良い方向には転ばない。

確かに勇気を出して一歩踏み出すのは怖い。失敗したら、という恐怖もある。

けど……。

（今の私は、一人じゃない）

味方がいる、大切な人がいる。

昔の私じゃない。ヘルンベルク家にやってきて、シルフィやオスカーという仲間ができて。あの日、ローガンが頭を撫でてくれながら「俺は味方だ」と言ってくれて、確かに意識が変わった。

人は、どんなに辛い状況でも、誰か一人でも絶対的な味方がいれば頑張れる。

幼少期、母がいてくれたおかげで悲惨な扱いを受けながらも心が折れずに来られたように。

それが、アメリアの意志への最後の一押しだった。

もう一度、今度は自分の思いを確かめるように。

(私は、変わりたい)

——頑張ってみようと、アメリアは思った。

「決めました」

アメリアが、ローガンを見て言う。

「私、行きます。お茶会、ぜひ参加させてください」

「そうか」

アメリアの瞳に確かな意志を感じ取ったのか。

ふ、とローガンの口元に仄かな笑みが浮かんだ。

「偉いぞ」

優しい声色。ゆっくりと伸びた大きな掌《てのひら》が、アメリアの艶のある赤毛を撫でる。

優しく、宝物を扱うかのように撫でる。

(ああ……もう……それは反則すぎます……)

普段、厳格でお堅い姿しか見ない分、時たま見せる優しさにやられてしまう。

表情をふにゃりと柔らかくして、アメリアはしばらくされるがままだった。

「そうと決まれば、ドレスを買いに行かないとな」

二人、紅茶を飲み切ったタイミングで、ローガンが思い出したように言った。

「そうですね……え？　ドレス？」

「当たり前だろう。まさか、実家から持ってきたドレスで参加しようとは思うまいな？」

「う……流石にそれは」

実家から持ってきたドレスはどれも擦り切れているし、色褪《いろあ》せているし、汚れているしで、とてもじゃないが公爵家主催の茶会に着ていくものではない。

（タイミングを見て、シルフィに見繕ってもらおうかしら……確か、日用品周りのお金はローガン様が出してくれると仰ってたような……お茶会のドレスは日用品に含まれるのかしら？）

そんな、バナナはおやつに含まれますか的なことを呑気《のんき》に考えていると、ローガンが当然の流れと言わんばかりに言った。

「明日は一日、丸々休みを取った。せっかくなので、街の方に足を伸ばし買いに行くとしよう」

「え……つまり……」

つまり、それって……。

（ロ、ローガン様と、お出かけ……!?）

第五章　ローガン様と街へ

「はわあ……」

馬車の窓から望む王都の街並みに、アメリアは思わず息を漏らした。

その姿はまるで、遠足にやってきた子供である。

「景色に釘付《くぎづ》けになるのは良いが、身を乗り出して落ちないように気をつけろ」

対面に座るローガンが、いつものように淡々と言う。

「はっ……気をつけます！」

ぱっと、アメリアは席に戻ってお利口さんの姿勢に戻った。

「いちいち面白い動きをするな、君は」

「お、落ち着きがなくてすみません……」

「いや、いい。せっかく二人きりなんだし、変に周りを意識する必要も無い」

二人きり、というフレーズにアメリアの頭がほわっとなった。

ドレスを買いに行くだけとはいえ、ローガンと外出というのはアメリアにとって心躍るイベントであった。当初は従者も連れて行く手筈《てはず》だったが、治安の良い王都だし、せっかくの機会だしということで二人きりになった。

アメリアにとってはこの上ない至福のひとときとなったのである。

「ふふ……」

「何か、嬉《うれ》しいことでもあったのか?」

「な、何故《なぜ》わかるのですか?」

「鏡で自分の顔を見てみるといい」

「そんなに顔に出ておりましたか……」

「君はわかりやす過ぎるんだ」

「お恥ずかしい……」

にんまりと、アメリアは口角を持ち上げて。

「ええ、嬉しいこと、ありましたよ」

「ほう?」

「ローガン様と二人きりでお出かけ、です」

アメリアが言うと、ローガンは「……っ……そうか」と息を詰まらせたように呟《つぶや》き窓の外に視線をやった。つられて、アメリアも外に目をやる。

目に映るのはトルーア王国の首都、カイドの街並みだ。

ずらりと並ぶレンガ作りの建物は、赤や黄やオレンジなど様々なカラーリングでまるで虹のよう。

教会と思《おぼ》しき背の高い白い建物の前では、修道女と思われる集団が会話に花を咲かせている。

今、アメリアの乗る馬車が走っているのはメインストリートらしく、両脇の歩道には数々の露店が様々な商品を並べており、人通りも多く賑《にぎ》わっていた。ずっと実家の離れに幽閉され街など出たことのないアメリアにとって、目に映る光景はどれも新鮮で見ているだけで楽しかった。

「栄えてますねー、王都」

「戦後からかなり時間が経《た》っているからな。活気も戻って、かつて以上と聞いている」

戦後、という言葉にアメリアの知識箱が開く。

およそ五十年前、アメリアたちの暮らすトルーア王国は隣国に侵攻を受け防衛戦争を強いられた。戦火は市街地にも及び、ここ王都も業火に見舞われたと聞いている。

街を注意深く眺めていると、時たまレンガの崩れた建物や何かが焦げた跡のある壁が見えて当時の戦況を物語っていた。

侵攻は当時の名将軍や軍神と呼ばれる戦士たちの活躍によりなんとか勝利を収め、王国は滅亡を免れた上に戦勝国として更なる繁栄を遂げた、というのがアメリアの持つ断片的な知識である。

実際はもっと複雑な事情が絡み合い、凄惨な様相を極めていたのだろうが、その時代を生きていないアメリアにとっては実感の湧かない出来事であった。

「やはり、平和が一番だ」

ぽつりと、ローガンが街を眺めながら呟く。

「……ですね」

アメリアが同調すると同時に、馬車の動きが止まった。

目的地に着いたようだった。

◇◇◇

「だから！　このサイズのダイヤで105万メイルはおかしいって言ってんの！」

アメリアとローガンがドレスを買いに出かけた時と同じ頃。

王都、カイドのとある宝石店に怒号が響き渡った。

怒号の主は――ハグル家の侍女、メリサ。メリサの手には赤いダイヤ付きのイヤリングが摘《つま》まれており、勘定場に座る気弱そうな店主に物凄《ものすご》い剣幕で迫っている。

「こんな小粒のダイヤで105万だなんて、宝石詐欺師でももう少しマシな価格をつけるわ！　頭おかしいんじゃないの!?」

「し、しかし、お客様……何度も繰り返しますが、そのダイヤは〝ブラッドストーン〟と呼ばれる、ノース山脈でしか取れない貴重な宝石でして。そちらは0・1カラットですが、他店との相場を比べても決して高くは……」

「そんなの知らないわよ！」

バンッ!!　と、メリサは勘定台を叩《たた》いた。

――発端は、メリサの値引き交渉からだった。

セドリックに支度金の回収を命じられて三日目。

王都でショッピングを楽しんでいたところ、光ものに目がないメリサは宝石店に吸い込まれた。

せっかくだから何か購入しようと、赤いダイヤが煌《きら》めくイヤリングに目をつける。

しかし、値札を見て「うっ」と顔を顰《しか》めた。メリサは腐っても伯爵家の侍女だ。

かなり無理すれば買えないことはない、がかなり痛い出費となる価格が爛々《らんらん》と輝いていた。

ざっくりと、お給金の三ヶ月分。

普通の思考なら購入を検討するのも躊躇《ためら》う価格だ。

だが今は王都に来ていることで気分が高揚しており、それなりに貯蓄もある。

そして何よりも今まで見たことのない透き通るような赤いダイヤに一目惚《ひとめぼ》れしてしまい、どうしても欲しいという強い想《おも》いがメリサの心を突き動かしていた。

（……少しだけでも、お安くしてくれないかしら）

見たところ、店主は気弱そうで押したら通してくれそうな気がする。元来、自分よりも弱そうな相手に対して強気の姿勢を取りがちなメリサに、邪《よこしま》な気持ちが芽生えた。

最初はそれとなく値引きできないかと尋ねたが、思惑とは裏腹に店主は頑として拒否。

メリサは知る由もなかったが、この店は王都の中でも歴史ある屈指の高級店。

ブランドイメージを損なわせないため、そもそも値引きなど受け付けていないというのが店の方針であった。そこをなんとかならないかとメリサは食い下がるも、店主は首を横に振るばかり。

もともと気が短く、自分の思い通りにならない事が我慢ならない性格のメリサの口調は段々と荒くなっていった。終《しま》いには売り言葉に買い言葉で、冒頭のセリフに繋《つな》がる。

「田舎者だからって、足元を見ているに違いないわ！」

「い、いいえ、決してそんなわけでは……」

ひとたび頭に血が昇れば癇癪《かんしゃく》を起こし、大声で威圧する。そして相手を従えようとするのは、三十も後半になるともはや変えようのないメリサのスタイルであった。

着実に面倒くさいおばさんの道をまっしぐらなメリサだが、本人にその自覚があろうはずがない。

「いいから黙って安くしなさい！　じゃないと、タダじゃおかないんだから！」

他の客の目があるにも拘《かか》わらず頭に血が上って、ぎゃーざゃーと喚《わめ》き散らすメリサ。

終いには冷静さを失って、メリサはとうとう店主の胸ぐらを摑《つか》んで迫った。

「お客様、いい加減にしてください！」

普段来店する客層は落ち着きのあるセレブが多い分、メリサの剣幕に最初は戸惑っていたが流石《さすが》にもう耐えられないと店主の口調が強いものになる。

「これ以上暴れるようでしたら、憲兵を呼びますよ！」

『憲兵』という言葉に、流石のメリサも冷静になった。

強い者を前にしたらさっさと退散する、がメリサの狡《ずる》い方針である。

「……ちっ、さっさと潰れてしまえ、こんなクソ店」

台詞《せりふ》とイヤリングを捨て置いてから、メリサは乱暴にドアを開け放って逃げるように退店した。

「あー、本当イライラする……」

なんで私がこんな嫌な思いをしなきゃいけないんだと、心の底から思うメリサ。

怒りのオーラを撒《ま》き散らしながら、ずんずんと王都の通りを歩く。

以前はまだ少し自制心が利いていたはずだが、もう長らく夫婦生活がうまくいっていないことや、アメリアの目付け役を外されてからの疲労の日々、そして後輩の侍女から向けられる白い目。

それらのストレスの積み重ねが、もともと悪かったメリサの性格を最悪の仕上がりにしていた。

もちろん、完全なる自業自得であるなど本人が自覚しているわけがない。

しばらく歩いて、メリサは息をついた。

カッとなりやすいが、冷めるのも早い。それが彼女の怒りの特徴であった。

「そろそろ、行かないといけないわね……」

もう王都で回るところは一通り回った。そろそろ仕事に戻らねばならない。

「あー……めんどくさい……」

気怠《けだる》げに毒づいてから、メリサは馬車に足を向けた。

……さて。そもそも、ハグル家を出発してからすでに三日ほど経過しているのにも拘わらず、未《いま》だに何故王都で油を売っているのかというと……。

（王都に来られるなんてなかなかない機会だもの。楽しまないと、損よね損！）

ただの自分勝手である。住み込みで屋敷に押し込まれていたメリサにとって、王都を経由するヘルンベルク家への出張《おでかけ》は誘惑が多すぎた。

まんまと王都で足を止めてしまい、観光やショッピングに明け暮れたのであった。

普通に考えて職務怠慢もいいところだが、メリサからすると『今まで長年仕えてきたのだからこのくらいのリフレッシュは当然』などと考えている始末である。

なぜこんなに遅かったのかと問いただされても、体調が悪かっただの事故で足止めを食らっただの理由はいくらでもつけられる。

無駄に在籍期間が長い分、雇い主のセドリックの性格は熟知している。

今更自分を解雇しないだろうし、最悪支度金を握らせておけば丸く収まるだろうと、都合よくメリサは考えていた。

ただ、流石にそろそろ向かわなければならないと、馬車に向かうメリサだったが……ほのかに漂ってきた香ばしい良い匂いにその足がまた止まった。

「……最後に、王都の名物グルメでも食べていきますか」

もう三日も経っているのだ。数時間遅れたところで気にするだけ無駄だし、何せ自分は今から支度金を回収するという重要な任務を控えている。

そのためのエネルギーを蓄えておくのは至極当然、とメリサは考えた。

この自分に対する甘えが、しっかりと年々膨張しつつある身体《からだ》の膨らみと直結しているとは本人の知るところではない。

先程までの剣幕はどこへやら。

軽い足取りで、メリサは良い匂いのするお店の方へ歩を進めていった。

◇◇◇

「はわぁあ……」

ローガンと一緒にやってきたドレスショップ。

目の前に広がる光景に、アメリアは感嘆の声を漏らした。

「これ、全部ドレスですか……!?」

「そりゃ、ドレスショップなんだから当たり前だろう」

「す、凄いです……!!」

今まで着てきたドレスはなんだったのかと思うくらい、眩《まばゆ》く輝くドレスたちにアメリアの足がふらふら〜っと引き寄せられる。

しばらくアメリアは店内のドレスを見て回った。

綺麗《きれい》な花の装飾のついたピンク色のドレスに目を輝かせたり、装飾だらけのギラッギラしたドレスに目をパチクリさせたり、胸元がやけにはだけたキャミ系のドレスに赤面したり。

そんな様子を、ローガンは珍しい生き物を観察するように眺めている。

一通りうろうろしたあと、アメリアがローガンの元に戻ってきた。

心なしかしょんぼりしているように見えた。

「気に入ったドレスは見つかったか?」

「正直なところ……どれを選ぶべきなのかさっぱり見当もつきません……」

今までボロ雑巾のようなお下がりドレスしか与えられなかったアメリアに、ファッションセンスなどあろうはずもない。

「そう落ち込むことではない。わからないことは専門の者に聞けばいいのだ」

ローガンが控えめに手をあげると、店員さんが慣れた動作でやってくる。

「彼女の、茶会用のドレスを見繕ってくれ」

「かしこまりました。まず色味ですが、基本的には髪の色と合わせるのがオーソドックスでして。お客様の髪色は美しい赤色をしてらっしゃるので、ドレスも赤系統で統一するのも良いですが、赤は色が強いので……あまり派手さは好まれないようでしたら、青や水色のドレスも良いかもしれません。それから装飾についてですが……」

美しい赤色、と評されて後半部分が全く頭に入ってこなかった。

本人はあまり自覚をしていない変化だったが、ヘルンベルク家に来てからというもの、毎日しっかりシャンプーで髪を洗っているため、当初とは比べ物にならないほどアメリアの赤髪は輝きと艶を取り戻していた。

「……と、ざっくりとこんな感じでしょうか」

「だ、そうだが。どうだ？」

「えっ、あっ、えっと……」

断片的に話を取りこぼしていたのもあるが、やはり考えても選択肢が多くてなかなか決められない。うんうんと考えるも、このままでは全て「お任せで」と言ってしまいそうだ。

「ローガン様は……どう思われますか？」

助けを求めるように、尋ねる。

「ふむ、そうだな」

ローガンが顎に指を添えて、アメリアを見ながら言う。

「確かに髪色に合わせるとなると赤色のドレスが良いと思うが、やはり派手過ぎるな。茶会という場所も場所だし、何よりも君の柄に合っていないだろう」

「そうですね、派手過ぎなのはちょっと……とは思います」

「なら、青か水色のドレスで、装飾も控えめなものが良いと思う」

「なるほど……!!　確かに、私もそう思います」

「完全に俺が選んでいるみたいになっているが……良いのか？」

「良いんです」

アメリアの胸のあたりに温かいものが灯《とも》る。

「ローガン様が選んでくれたものだから、良いんです」

自分の容姿や性格をしっかりと考えた上で選んでくれたということに、アメリアは嬉しくなった。

くしゃりとはにかむアメリアを見て、ローガンは微《かす》かに視線を逸《そ》らした。

「……そうか。では、その方向で見繕ってくれ」

「かしこまりました」

店員は恭しく頭を下げてドレスを選びに行った。

「別にそっちのドレスでもいいがな？」

ローガンが指さす方向には、先程アメリアが赤面した胸元がナイスなキャミソールタイプのドレスがあった。

「も、もうっ、揶揄《からか》わないでください」

「はは、すまんすまん。反応が面白くてな」

ぽんぽんと、ローガンがアメリアの頭を撫《な》でる。

それだけで、アメリアはころりと許してしまうのであった。それから店員が持ってきたドレスを実際に試着し、アメリアは「これがいいです……!!」と即決。

「茶会のドレスは決まったな」

「はい、ありがとうございます。大切に、着ます……」

わかりやすく表情に喜色を浮かべながらアメリアは言う。

「次は普段着のドレスを選ばないとな」

「えっ、普段着……？」

「当たり前だろう。いつまでそのドレスを着続けるんだ。この際だから、普段着から外出着、そして公の場でのドレスと、何着か購入しておく」

なんでもない風に言うローガンに、アメリアは腰を抜かしそうになる。

（確か……ドレス一着だけでも相当なお値段だったような……）

改めて、公爵様ってすごいとアメリアは思うのであった。

◇◇◇

一通りドレスを購入した後。

「せっかく王都に来たのだから、街を見て回るか」

というローガンの提案により、メイン通りを二人で歩くことになった。

今日の天気は雲ひとつない快晴。お出かけがなかったら庭散策に精を出していたであろう、絶好のお外日和であった。ちなみにドレスは店の方で仕立てた後、後日お屋敷に送り届けられる手筈となったので二人とも手ぶらである。

街をぶらりと散策なんて初めてだと、アメリアがわくわくを抑えきれないでいると。

「手を」

さりげなく、ローガンが手を差し出してきた。

「はっ、はい……」

エスコートされる経験なんて皆無なアメリアは、それだけで心臓の音を大きくしてしまう。

自分の手に重ねられたローガンの手は大きくて、力強くて、そして何よりも温かかった。

「君は摑まえておかないと、どこかへふらっと行ってしまいそうだからな」

「流石にそんな、迷子の子供みたいにはなりませんよ……あっ、あそこの人混み、面白そうなので行ってみましょう！」

「説得力という言葉を知っているか？」

そんなこんなで、街を散策する二人。

「ふふん、ふふーん♪」

「楽しそうだな」

「はい、とっても！」

アメリアは勢いよく頷《うなず》く。好奇心旺盛なアメリアにとって、来たことのない都会の街は見ているだけで楽しかった。どこまでも続く煉瓦《れんが》作りの建物も、お洒落《しゃれ》なカフェテラスも、露天商も、目に映るもの全て新鮮で興味をそそられる。

もちろん、ローガンと二人きりという点が楽しさの大部分を占めている事は言うまでもない。

しばらく歩いていると、胃袋を刺激する良い匂いが漂ってきた。

ぴたりと足を止めて香りのする方に目をやると、一つの露店がジュウジュウと美味《おい》しそうな音を立てている。香辛料をまぶした牛肉に甘辛いタレを絡めてじっくりと炭で焼いた、『牛串』と呼ばれる食べ歩き専用の料理のようだった。

「食べたいのか？」

「えっ、いや、そういうわけでは……」

ぐぅ……とアメリアのお腹《なか》から音が鳴る。

「わかりやすいな、君は」

「き、聞かなかったことにしてくださいっ」

顔をいちご色に染めて首を振るアメリアに、ローガンが言う。

「食べてみるか」

「……いいんですか？」

「ちょうど昼時だしな。それに俺も、ああいった料理には興味がある」

「それでしたら……お言葉に甘えて……」

二人で一本ずつ購入し、通りのベンチに並んで牛串にかぶりつく。瞬間、香辛料のスパイシーさと甘辛いタレが肉の旨味《うまみ》と合わさって、口の中で味の大洪水が発生する。

「んんん〜〜〜っ……」

肩をぷるぷる。足をパタパタ。

口内を暴れ回る旨味の塊にアメリアは興奮を抑えきれない。

「うむ……なかなか食いごたえがあって美味《うま》い」

ローガンにも好評のようだった。

もぐもぐ、ごくんっ。

「美味しいです！」

「何よりだ」

ローガンが小さく笑う。

その笑顔が、餌を頬張る小動物を見るそれだと気づいたアメリアはハッとする。

（いけない、いけない……子供のような食べ方は止《や》めにしないと……）

これから、公の場にも出る機会があるのだ。

普段から意識づけをしておいて損は無い。

それからは自制心を利かせて、なるべくゆっくりと、一口も小さく食べ進めていった。

「急に淑女らしい食べ方になったな」

「お茶会もありますしね」

「殊勝な心がけだ」

（これはこれで、落ち着いて料理の味を堪能できて良いわね……）

なんてことを考えながら食べていると。

「口元についている」

「へっ……むぁっ」

突然、ローガンが自分のハンカチをアメリアの口元に当てた。

とんとんと、優しく口元を拭いてくれる。

その不意打ちと、ふわりと漂うシトラス系の香りに頭がくらくらした。

「綺麗になった」

「ぁっ……ぁぁ……」

ぷしゅーと俯《うつむ》く。

「ありがとう、ございます……」

蚊の鳴くような声。

「淑女までもう一歩、というところだな」

ふ、とどこか楽しそうに言うローガンに、余計に顔の体温が上昇した。

耳まで真っ赤になった顔を悟られないようにするのに必死だった。

はむ……はむ……とアメリアは残りの牛串を食すのであった。

食べ終えてからも、ぶらり歩きは続く。

次にアメリアが足を止めたのは、宝石店の前だった。

「わあ……」

ゴージャスな宝石やネックレス類が、ショーウィンドウに綺麗に並べられキラキラと輝いている。

「気になるか？」

「い、いえっ、えっと……」

正直、とってもとっても興味がある。

アメリアだって年頃の女の子だ。

今までこういったお洒落グッズを手に取ることなど出来なかった分、心惹《ひ》かれてしまうのも無理はない。キラキラとしててなんか可愛《かわい》い、というのがアメリアの印象であった。

「気になるなら、入ってみると良い」

アメリアの内心を察したローガンが、そう口にする。

（ああ、もう……このお方はどれだけ……）

その先の言葉は言うまでもない。先ほどからローガンの一挙一動が心遣いと愛情に溢《あふ》れていて、アメリアの胸はぽわぽわしっぱなしだった。

「ありがとうございます……じゃあ、少しだけ……」

ローガンに手を引かれて、アメリアは宝石店へと足を踏み入れるのであった。

――……あー、本当イライラする……――

……どこからか、覚えのある声が雑踏に混じって聞こえてきたのは、気のせいだろうか？

◇◇◇

「はわあああああああああ…………」

ローガンに手を引かれて入店した宝石店。

目の前に広がる光景に、アメリアは感嘆の声を漏らした。

「さっきも見たようなリアクションだな」

「だってだって……どこもかしこもキラキラですよ……!?」

店内は高級感を意識しているのか白を基調としていた。

宝石を加工した指輪やペンダント、ブレスレットが余裕ある間隔で並べられている。

アメリア以外のお客さんは皆、見たことのないようなドレスや装飾を身につけていた。

落ち着きのあるセレブ御用達《ごようたし》の一店、といった雰囲気であった。

「このブランドは……確かに有名なものではあるな」

「ご存知で？」

「ああ。以前、懐中時計を見繕って貰《もら》った際、ここのブランドを紹介された記憶がある」

「へええ、そうなのですね」

アメリアは知る由もなかったが、入店したこの店は王都の中でも歴史のある、トップクラスの高級店であった。

ジュエリーショップなど足を踏み入れたことのないアメリアには、この店がどのくらいのランクに位置するかわからない。

どの商品もすごく高そう、というふわりとした感覚のみである。

一方ローガンに至っては元々ブランド物にさほど興味がないし、ジュエリーの一つや二つの値段を気にするような身分でもないため、この店に対してこれといった感想は持っていない。

キラキラとした店内を前にしてジュエリーのように目を輝かせるアメリアの方が興味の対象であった。

「俺のことは気にせず、好きなように見て回ってきていいぞ」

うずうずと身体を揺らすアメリアに、ローガンが言う。

「あ、ありがとうございます！　では、お言葉に甘えて……」

どこか恐る恐るといった感じで店内を歩き始めるアメリアだったが、すぐに足取りが軽くなった。

輝かしいゴールドの指輪に「はわああ……」となったり、翡翠色《ひすいいろ》のネックレスにうっとりしたり、握り拳大のダイヤに「!?」となったり。

どれもモノを見た後に値札を目にしてビックリ仰天するまでがセットであった。親指と人差し指で挟めるくらいの小さなダイヤひとつで、庶民が一年暮らせるような値段なぞザラだ。

元々自然の産物に目がないアメリアは、今まで見たことのないジュエリー類とお値段の数々に種々様々の反応を見せた。その様子を、ローガンは時たま頷きながら眺めている。

「とても可愛らしいお嬢様ですね」

勘定場にいた店主が、いつの間にかローガンの隣に来て言う。

そのコメントには反応せず、ローガンは尋ねる。

「彼女に似合う品は、何がある？　あまり派手じゃないものが良い」

「そう、ですね……。派手じゃないものですと、指輪やイヤリングなどでしょうか？　ちょうど、なかなか市場に出回らないアメジライトの一点ものがございます。あと、お嬢様はとてもお美しい赤髪をしてらっしゃるので……」

一通り説明を聞いた後、ローガンは「わかった、ありがとう」と礼を口にする。

店主は微笑《ほほえ》み「ごゆっくり」と恭しく礼をして勘定場に戻って行った。

ちょうどそのタイミングで、アメリアがとことこと戻ってくる。

「楽しんでいるか？」

「はい、とっても！　どれも綺麗で、可愛くて、素敵としか言いようがありません」

「良いことだ。何か、気になるものは見つかったか？」

「う――――ん……正直どれもいいなー、いいなーって思って、甲乙つけ難いのですが……」

今思い出してもうっとり、といった様子でアメリアは言う。

「すごくいいな、と思ったものはありました」

「ほう、どれだ？」

「こちらです！」

アメリアの後ろを、ローガンはゆっくりと付いていった。

◇◇◇

アメリアに連れられてやってきたそのコーナーは、今までウロウロしていた売り場より豪華なショーケースが鎮座していた。普通は掲げられている値札も見当たらない。

アメリアが知るはずもないが、特に希少な宝石は日によって市場価格が大きく変動するため、固定の値段が書かれていない場合が多い。

いわゆる時価というものだった。

「これです！」

アメリアが〝すごくいい〟と評したのは、宝石付きのペンダントだ。

赤い宝石の輝きは控えめだが、抜けるような澄み具合と独特な模様が吸い込まれてしまいそうなほど美しい。その宝石をぐるりと囲むプラチナ地金もきらりと光っており、落ち着きと華やかさが共存したバランスの取れた一品だった。

……そして偶然にも、このペンダントは店主がローガンに最後に説明したおすすめ商品であった。

「ど、どうでしょうか……？」

「とてもいいと思う。君の、美しい赤毛にぴったりだ」

ローガンが言うと、アメリアは頬を朱に染めて自身の赤毛を弄《いじ》った。

その所作を目にした途端、ローガンの心は決まる。

同時に、店主に教わった知識が思い浮かんだ。

「それに……石言葉も今の君に合っているかもしれない」

「石言葉？」

「調べればわかる。よし、今日はこれを購入するとしよう」

「えっ、え……ええ!?」

ローガンの言葉に、アメリアはつい声を上げてしまう。

「いいいいけません……多分、きっと、いえ絶対にこんなお高いモノを……!!」

動揺しすぎて妙な言葉になってしまっている。値札がないため正確な価格はわからないが、とてつもない値に違いないという確信がアメリアにはあった。

「それに、ただでさえ、今日はたくさんのドレスを買っていただいて、これ以上出していただくのは……」

「金のことなら気にするな。今まで何一つ、贈り物などしてこなかったからな。むしろ、買わせてくれ」

本気なトーンで言うローガンに、嬉しさ半分申し訳なさ半分といったアメリアだったが、最終的には嬉しさが勝ってしまい……。

「うぅ……では……お言葉に甘えて……」

「それでいい。この調子でもっと、自分を主張していくといい」

「ありがとう、ございます」

深々とお辞儀をするアメリアの頭に、ぽんっとローガンは手を乗せた。

「お決まりになりましたか？」

そのタイミングで、店主がやってきた。

「ああ。このペンダントをひとつ」

「かしこまりました。ほう……やはり、お客様はお目が高い」

店主がにっこりと笑って、手袋をはめた手でショーケースからペンダントを慎重に取り出す。

「では、会計をしてくる」

「いってらっしゃいませ」

ぺこぺことお辞儀するアメリアに見送られ、ローガンと店主が勘定場へ向かう。

勘定場にて。店主が、ペンダントの入れ物を見繕いながら説明した。

「先ほどの説明では詳細を省きましたが、そのダイヤは〝クラウン・ブラッド〟と呼ばれる、ノース山脈でしか取れない〝ブラッドストーン〟という鉱石の中でも、ごく僅かしか取れない貴重な宝石でして、この店で見つからなければ他の店でも目にすることの出来ない、一点ものでございます」

「なるほど、それはいい買い物だ。値はいくらだ？」

「はい、こちら本日の相場で……」

店主が提示した値を、ローガンはなんら躊躇《ちゅうちょ》することなく支払う。

「はい、確かに頂戴いたしました。購入証明書はご入用ですか？」

「ヘルンベルク家で頼む」

ローガンが言うと、店主は一層笑みを深めた。

「かしこまりました。先日の懐中時計のお買い上げといい、いつもご贔屓《ひいき》いただき感謝いたします」

「もう随分前の事だが、覚えているのだな」

「ええ、それはもう」

当然と言わんばかりに店主は言った。

「此度《こたび》もお買い上げありがとうございます」

「こちらこそ、ありがとう。とてもいい時間だった」

ローガンが言うと、店主はにこやかな笑みを浮かべた。

「やはり、この宝石はお客様のような方に買われるのが一番です」

「……ふむ？　何かあったのか？」

察しの良いローガンが尋ねる。

店主は逡巡《しゅんじゅん》する素振りを見せたが、溜《た》まっていたモヤモヤを吐き出すように口を開いた。

「……実は、先ほどクレーマーと言いますか、少々対応に困るお客様がご来店されまして……」

「ほう、聞かせてくれ」

「……では、少しだけ。このクラウン・ブラッドよりも少しランクの低いブラッドストーンのイヤリングなのですが、１０５万メイルの価格を50万まで下げろと声を荒らげられまして」

「半値以下とは、それはいくらなんでも横暴ではないか？」

「仰《おっしゃ》る通りです。50万でお売りしようものなら原価割れを起こして大赤字ですよ。ブランドイメージも大損害です」

「その計算もできないような客だったのだな」

「ええ、全くです。挙げ句の果てに声は荒らげるわ、胸ぐらは掴まれるわで、散々でした」

「クレーマーというより、ただの頭のおかしな無礼者では？」

「間違いないです。自分のことを田舎者だと自己紹介してらっしゃいましたが、あれではただのチンピラと変わりありません」

「聞けば聞くほど、会いたくない者だな」

「お客様が来店なさる少し前に退店されまして、危ないところでした」

「なるほど。今日は運がいいらしい」

「ああいうお客様はもうこりごりです……っと、失礼いたしました。少し愚痴を漏らしすぎましたね。お耳汚し、失礼致しました」

「気にしないでいい。そういう気分の時もあるからな」

そんなやりとりを経て、ローガンはアメリアの元にやってきた。

「おかえりなさいませ……!!　あの、本当にお高いものを、すみません……」

「俺が買いたくて買ったんだ。君は気にしなくていい」

「あ、はい、ありがとう、ございます……」

代金は怖くて聞けなかったが、店主のご機嫌な様子を見る限り相当な価格だったんだろうと、アメリアは予想した。

「せっかくだから教えておこう」

不意にローガンがそう言って、先ほど店主から貰った一枚の紙を取り出した。

「こちらは？」

「購入証明書だ。ここに金額と品目、今日の日時、それと印が二つあるだろう？」

「ありますね」

「これが、この店で我が家が商品を購入したという証明になる。今後、買い物に行く際には必ずこれを発行してほしい。印は追って渡す」

「なるほど……経費周りですか？」

「それもあるし、あと、誰が買った買わないでトラブルが起こる事もあるからな。第三者の証明はあるに越したことはない」

「確かにですね……わかりました！　留意いたします、教えてくださりありがとうございます」

これで一つ賢くなったなぁと、アメリアはどこかホクホクな気分になっていると。

「すぐつけていかれますか？」

後からやってきた店主がペンダントを手に、にこやかに笑いながら提案する。

「せっかくだから、そうさせてもらう。……いいな？」

「は、はい……！　お願い……します」

「かしこまりました」

店主は微笑ましいものを見るような目で頷いてから、ローガンにペンダントを手渡した。

「つけるぞ」

「は、はい……」

ローガンがかがみ込み、アメリアの首に手を回す。

恐ろしいほど整った顔立ちが目の前にある。

長めの銀の髪がアメリアの鼻先をくすぐる。

シトラス系の安心する香りがふわりと漂う。

耳をすませば心音さえ聞こえてきそうな距離に、アメリアは完全に硬直してしまった。

ドキドキするとか、恥ずかしいとか、そういうのを考える余裕すらなかった。

ローガンの余裕のある落ち着いた息遣いに対し、自分の呼吸が浅くなっていないか心配であった。

「これでいい」

手際良くペンダントを着けた後、ローガンが身体を離す。名残惜しい気持ちが尾を引いているが、これ以上体温が上がったらプシューッと倒れてしまいそうなので、良いタイミングだった。

「そ、その……どうでしょうか？」

「とても、よく似合っている」

間髪を容《い》れずに即答してくれたローガン。

「君の美しい赤髪にぴったりだ」

続けて追い討ち。

アメリアがどんな気持ちを抱いたかなんて、表情を見れば一目瞭然だった。

「……ありがとう、ございます」

瞳の奥が熱い。口元の緩みが抑えきれない。大切な人に、こんなにも素敵な贈り物をいただけて。

アメリアは胸がいっぱいで溢れそうだった。

（一生の宝物にしよう……）

心の底から、アメリアはそう思った。

◇◇◇

「今日はありがとうございました」

帰り道。ヘルンベルク邸へ帰る馬車の中で、アメリアは改めて頭を下げた。

対面に座るローガンは小さく頷く。

「楽しめたか？」

「はい、とっても！　ドレスのお店も、街をぶらぶらするのも、宝石のお店も……全部全部、楽しかったです」

嘘《うそ》偽りなく、心の奥から思ったお出かけの感想を言葉にすると、ローガンは「そうか」とだけ呟いた。しかしその口元には微かに笑みが浮かんでいる。

アメリアの返答に、ローガンも満足しているようだった。

「楽しめたのであれば、いい」

「はい。本当に、感謝しかありません」

遠ざかっていく王都の街並みを名残惜しい気持ちで眺め、〝クラウン・ブラッド〟のネックレスを愛《いと》おしそうに見下ろしてから、アメリアは言う。

「私、幸せです」

「急にどうした」

「思ったことをそのまま言葉にしただけですよ」

「なかなか小恥ずかしいことをさらりと言うのだな」

「ありのままの君で、と仰ったのはローガン様では？」

「それは……そうだが」

困ったように言葉を詰まらせるローガン。

普段は見せない表情を、アメリアは愛おしいと感じる。

この無愛想で不器用な婚約者様の表情を、もっともっとたくさん見てみたいと思う。

随分と前から心に芽生え、ローガン様と時間を共有する度にどんどん大きくなって止まらないこの気持ちを、アメリアはこれまでの人生の中で一度も抱いたことがなかった。

他者に対する前向きな感情。母親のような家族に対してとはまた違う、心臓が激しく暴れ出して身体中が熱くなってしまうこの気持ちは、おそらく――。

「……楽しい時間に水を差すようで悪いが」

「あっ、はい、なんでしょう？」

ぽーっとしているアメリアに、ローガンが一転、真面目な表情で口を開いた。

「実家への支度金」

「…………………………あっ」

さーっと、アメリアの背筋に冷たいものが走った。

アメリアの反応を見ても、ローガンは冷静だった。

「先程の宝石店で店主の愚痴を聞いてな。今日、俺たちが来る前に訪れた客が田舎者の無礼者だったらしく、聞いているうちに君の実家の人間のことを思い出して……そういえば支度金の件を話していないなと」

だらだらと背中に冷や汗を流すアメリアに、ローガンは頭を下げた。

「すまない。忘れていたわけではないが、優先順位を下げていて完全に意識の外だった」

「いえいえいえいえいえいえ！　頭をあげてください！　支度金の件は、ヘルンベルク家に着いたらすぐに話をしろと親に言いつけられていたにも拘わらず、完全に忘れていた私の落ち度です……!!」

忘れていた……というよりも、思い出したくなかった、の方が正しいかもしれないがどちらにせよ同じことである。

ローガンか、アメリアか、どちらかが話を切り出す時に話せばいい。

双方、そんな受け身の姿勢が完全にすっぽ抜けるという結果になった次第であった。

「どちらが悪いという話はナシにしよう。そのような話は不毛だしな。だから、君が気にする必要は……」

そこで、ローガンは気づく。

俯き、両膝の上でぎゅっと拳を握りしめるアメリアの表情に浮かぶ感情に。

「……私、お父様に、ヘルンベルク家につき次第、すぐに支度金の話をしろと言われてて……それなのに……」

（どうしよう……もうこちらにきて一週間以上経ってしまっている……お父様は絶対にお怒りだわ……）

怯《おび》え、恐怖。頭の回転が早いローガンは、全てを察する。

「大丈夫だ」

ローガンが手を伸ばし、安心させるようにアメリアの頭を撫でる。

「確かに少し遅くなってはしまったが、そもそもハグル家との最初の取り決めでは、支度金の支払い期日など厳密な取り決めはしなかった。準備が出来次第送るというこちらの要望を先方は呑《の》んだ形だから、本来であれば文句を言われる筋合いはないはずだ」

常識という観点で照らし合わせても、別に一ヶ月、半年遅れたというわけではない。

一週間という期間は許容の範疇《はんちゅう》だろうというのがローガンの見解であった。

「ありがとうございます……そう仰っていただけると、助かります」

「うむ。それに、今君は俺の婚約者なのだ。直接的に危害を加えられることは、まず無いだろう」

安心させるようにローガンが言ってくれるから、アメリアの身を強張らせていた緊張が徐々にほぐれていく。

「さて……とりあえずは取り決めのこともあるし、早急に手続きを進めようと考えているが……」

じっとアメリアの目を見て、底冷えするような声でローガンは言った。

「本心を言うと、支度金など払いたくないと俺は思っている」

ローガンは続ける。

「そもそも支度金は嫁入りの準備金だろう？　嫁入りに際してのドレスや身の回り品などを調達するための資金を負担する、というのが通例なのに、君の荷物はお世辞にも支度金を支払うほど準備をしたとは当然思えない」

「それは…………確かにですね」

「それに、だ……」

苦笑を浮かべるアメリアに、ローガンは瞳に怒りを灯して言う。

「君が今まで家族に与えられてきた精神的苦痛や身体的な痛みを考えると、その上でなぜ金まで支払わなければならんのだ。むしろ払うべきはそっちではないか、という気持ちが沸々と湧いている。ああ本当に、考えれば考えるほど腹立たしい」

握り拳を震わせ、徐々に声を荒らげていくローガン。

そんなローガンに対し、アメリアはふわりと微笑んで言う。

「私のために怒ってくれることは、とても嬉しいです……本当に、嬉しいです。でも……取り決めは取り決めですし、余計な確執が生まれるのも良くないと思うので……」

「ああ、わかっている。わかっているのだ」

だからこそ、ローガンは歯痒《はがゆ》かった。

立場関係なく、一度交わした契約を反故《ほご》にするのは貴族社会では信用問題に関わる。

公爵家という、王国の行政とも深い関わりのある家柄だと尚更《なおさら》だ。

婚姻という重要な契約に際した決め事を覆す論理の持ち合わせは、今のところローガンにはなかった。今のところは。

「それに……この際、実家との繋がりはなるべく断ち切りたいので、お支払いした方がお互いにとっていいのかな、と思います」

「確かに…………それもそうだな」

アメリアの言葉で、ローガンは徐々に落ち着きを取り戻す。

「まあそもそも、君の真の価値を鑑みれば、今回支払う額など小粒でしかないからな。逃した魚は大きすぎたことを後々知ると思えば、今回の支度金の額などたかが知れているだろう」

「そんな……買い被《かぶ》りすぎですよ……」

相変わらず謙虚なアメリアだが、ローガンは確信していた。アメリアの本当の能力を知ったら、ハグル家の当主はさぞ悔しい思いをするだろうとローガンは想像する。

だいぶ溜飲《りゅういん》が下がってきた。深い深い息を吐いてから、ローガンは決断する。

「…………わかった、不本意だが、早急に支払いの手続きを進めよう」

「はい、よろしくお願いします」

ぺこりと、アメリアはもう何度目かわからないお辞儀をするのであった。

そうこう話をしているうちに、馬車はヘルンベルク家に到着した。

馬車を降りて空を見上げると、陽《ひ》が沈むまではまだ余裕がありそうだった。

相も変わらず元気な太陽が、ヘルンベルク家の白い屋敷を美しく輝かせている。

「俺は支度金の手続きと、残りの書類を処理するために部屋に戻る。君はどうする？」

「少し庭を散策してもいいでしょうか？　せっかくの天気なので、お散歩をしたいと思います」

「もちろんだ。ここは君の家なのだ、好きにするといい」

「ありがとうございます」

「夕食の時間までには戻ってくるんだぞ」

「もう、子供じゃないんですから」

くすりと笑うアメリアに、ローガンも少しだけ口角を持ち上げた。

「では、また」

「はい、お仕事頑張ってください」

ローガンが背を向け、屋敷へと戻っていく。

その後ろ姿を見送ってから、アメリアは「よしっ」と胸の前で拳を握りしめた。

さて、お待ちかねの庭園散策だ……っと、その前に。周りに人気がいないことを確認してから。

「……えへへ」

アメリアはこれでもかと表情をだらしなくして、首にかけられた〝クラウン・ブラッド〟のペンダントを手に取った。

「ローガン様からのプレゼント……」

言葉にすると、にやにやが止まらない。

ドレスも嬉しかったが、ペンダントはまた違った嬉しさがある。

それに……。

——とても、よく似合っている。君の美しい赤髪にぴったりだ。

「〰〰〰っ」

嬉しい、嬉しい、嬉しい！

ぴょんぴょんと、思わずアメリアはその場で飛び跳ねた。ローガンのおかげで、ずっとコンプレックスだったちぢれた赤毛にも少しは自信を持てそうだった。

「はっ……」

（いけない、いけない。あまりにもはしゃぎすぎだわ）

未だ胸の辺りでダンスを続ける『喜』の感情を深呼吸で宥《なだ》めて。

でも口元のニヤけはなかなか緩まなくて。

仕方がないので最後にぎゅっとペンダントを握りしめ、大事な宝物を扱うように胸に抱いた。

……やっと落ち着いてきた。

（そういえば、石言葉が私にぴったりと仰っていたような……）

結局聞きそびれてしまったが、気になる。

夕食の時にでもお聞きしようと、アメリアは思った。

存分にペンダントを堪能した後はしばらく、アメリアは庭園をぷらぷら散策した。

数多《あまた》の草花で彩られた庭園は広くて見応えがあって、最高の時間であったという事は言うまでもない。裏庭よりも広大な屋敷の前側の庭園は、正面の門から屋敷まではそこまでの距離はないが何せ横に広い作りになっておりとても一日では回りきれない。

これから何日もかけて存分に散策できると考えると、ワクワクが止まらないアメリアであった。

雲ひとつない空の端に少しずつ赤みが差してくる。

一日歩き回って程よく疲労が溜まってきた。そろそろ屋敷に戻ってお風呂に浸《つ》かろうかなと考えながら、正面入り口付近に差し掛かったその時……。

「だから私は、ハグル家の使いの者と言ってるでしょう！」

聞き覚えのある声が鼓膜を震わせて、アメリアの肩がびくりと震える。

親に何度も叩かれ続けてきた子供が、誰かが手を上げるだけで思わず身構えてしまうような、そんな反応。恐る恐る声のした方へ視線を向けると、一人の女性が門番と言い合いをしている姿を視界に収めた。

「そうは仰いましても、本日は特にそのような者との予定は聞かされておりませんゆえ、そのままお通しするわけには……」

「こっちは急いでるの！　早く確認をとってちょうだい！」

「今もう一人の門番に確認しに行ってもらったので、もう少々お待ちください……」

女性のシルエットには見覚えがあった。

もう二度と見たくないシルエットだった。

そして運の悪いことに……その女性と目があってしまう。

「あら、ちょうどいいタイミング！」

ひっ……と声が漏れそうになるのをすんでのところで飲み込んだ。

呼吸が一気に浅くなる。全身の温度が急激に冷えていく。

急激な胸の高鳴りの原因は──。

「久しぶりね、アメリア」

──恐怖だ。

女性、ハグル家の侍女、メリサは粘着質のある笑みを浮かべて言った。

第六章　メリサとの戦い

アメリアの中で、メリサという人物は〝自分に危害を加えてくる、逆らうことのできない侍女〟だった。今はもう見る影もないが、物心ついた頃にはメリサもまだ二十代もそこらでシュッとしていて、女好きのセドリックが選んだ侍女ということもあり、幼心ながらに『綺麗《きれい》な人だなあ』なんて思っていた記憶がある。

しかし程なくして、メリサに対する前向きな気持ちは無くなった。

今もまだ強烈に残っている記憶。多分、まだ三歳とかの時だろうか。

母ソフィが目を離した隙に、私はメリサに太ももを思い切りつねられた。

未《いま》だ与えられたことのない痛みに、私は泣き声をあげる。

思えば、人間が最も避けたい感覚である〝痛み〟を人生で初めて植え付けてきたのはメリサだったかもしれない。

『ちょっとソフィ、なんとかしてよ。いきなりこの子、泣き出しちゃったんだけど』

メリサが悪びれなく迷惑そうに言うと、心配した様子のソフィが尋ねてくる。

『アメリア、どうしたの？　何かあった？』

アメリアはメリサにされたことをそのままソフィに言おうとした。

しかしソフィからは見えないよう、後ろからそっとアメリアのお尻を軽くつねるメリサ。

〝本当のことを言ったらもっと酷《ひど》い目に遭わせる〟という、メッセージ。

『……なん、でもない……』

『本当に？』

怯《おび》えた様子のアメリアを不審に思ったのか、ソフィが尋ねてくる。

ぎゅうっと、メリサの指に力が籠る。

『……うん……ひっく……ごめんなさい……お母さん……』

『…………』

それ以上、ソフィは尋ねてこなかった。いや、こられなかったという方が正しいか。

ニヤリと、メリサの口元が醜く歪《ゆが》むのをアメリアは見逃さなかった。

痛みと、メリサになんら反抗できない悔しさと、お母さんに嘘《うそ》をついてしまったという罪悪感。

幼心に抱いた様々な感情がぐっちゃぐちゃになって、アメリアはしばらく泣き続けた。

アメリアの中で、メリサが〝逆らえない相手〟として刷り込まれた瞬間でもあった。

ソフィも何があったのかは気付いていたのだろうが、立場的に強く出られなかったと考えるのが普通だろう。

その証拠に、メリサがいなくなった後、ソフィが「ごめんね……ごめんね……」と何度も頭を撫《な》でてくれたことをアメリアは克明に覚えている。

その後も、メリサのアメリアに対する嫌がらせは露骨になった。

『目つきが生意気だ』『態度が気に食わない』と何かと理由をつけて叩《たた》かれて、つねられて、ご飯を踏み潰された。

ソフィは何度か止めには入ったが、最終的には父との不貞を話に出され強くは出られない。

何度ソフィの『ごめんなさい』を耳にしたか、アメリアはもう覚えていない。

いつの日だったか。

一日一食しかない食事を、ソフィの頭からぶち撒《ま》けてメリサは高笑いしながら言った。

『ざまあないわね！　本当に良い気味！』

後になって知ったことだが、メリサはソフィと同期の侍女だったらしく、自分とは違い優秀でセドリックに気に入られていた事を妬ましく思っていたらしい。

ソフィが隔離された後の数々の嫌がらせは、その憂さ晴らしというものだろう。

しかしそんなことを当時のアメリアが理解できるはずもなく、ただただ理不尽な暴力と意地悪に涙を流し、耐える日々を送っていた。

とはいえまだ、痛みやご飯が食べられない事はまだよかった。

まだ、耐えることができた。

何よりも悲しかったのは、メリサがよくアメリアの大切なものを取ってしまうことだ。

頑張って探して見つけてきた綺麗な石を。

冬にごくわずかしか支給されない薪を。

ソフィが少ない材料で作ってくれた手編みの手袋を。

メリサは何かと理由をつけて奪っていった。

自分が一生懸命見つけたり、作ったものを。

お母さんが一生懸命、自分のために作ったものを。

メリサは理不尽に、奪っていった。

ソフィが亡くなってからも、メリサからの嫌がらせは続く。

むしろ今までソフィに分散していた分、余計にひどくなったかもしれない。

『この人には逆らえない』『言う通りにしないと、ひどい日に遭う』

そう思うようになり、されるがまま言われるがままになる様は洗脳としか言いようのない有様だった。短気で、理不尽で、自分の思い通りにならなかったら、弱者を嬲《なぶ》る事を快感だと感じる侍女、メリサ。

……そんな人物がずっと身近にいたから。

アメリアは段々と、『自己主張ができない』『人に言われるがまま』といった、他者に主導権を渡してしまう性質になってしまったのである。

◇◇◇

悪夢でも見ているのかと思った。目の前に、メリサがいる。

可能であればもう、二度と会いたくなかった彼女が……。

「久しぶりね、アメリア」

メリサは粘着質のある笑みを浮かべて言った後、アメリアの全身をじろじろ見回し驚いたような表情をした。しかしそれは一瞬のことで、すぐに声を上げる。

「……っと、大変失礼いたしました、アメリア〝様〟。つい昔のよしみで」

わざとらしく、メリサは口調を変えてきて言葉を続けた。

「今はヘルンベルク家当主の婚約者様でしたよね？　この門番さんに話をつけてくださいな。私はハグル家の人間で、当主に命じられて支度金の話をしに来た、と」

当主、と聞いて父セドリックの顔が脳裏に浮かび心臓がヒヤリとする。

（ああ……そうか……）

メリサは父に命じられて来たのだと、アメリアは理解した。

「諸事情あって、こちらは迅速に話をつけて戻りたく思うので、何卒《なにとぞ》」

一刻も早く帰りたいというのは、王都で三日も油を売ったため流石《さすが》にこれ以上時間はかけられないという完全にメリサ側の事情であったが、そんな事をアメリアが知るはずもない。

「あの……アメリア様、この方の仰《おつしや》っていることは事実で？」

門番が尋ねてくる。

自分がそうだと言えば、彼はおそらく通してしまうだろう。

本来であれば、それは避けたい事態だった。自分にはその権限はない。

念の為《ため》ローガンに確認を取るとでも言ってこの場から逃れる事が最善手だった。

しかし、出来なかった。

今、アメリアの頭はパニックに陥っていた。

実家では、メリサの嫌がらせを耐えるため思考を停止し時間が過ぎ去るのを待つようにしていた。

その癖が、メリサを目の前にして発症していた。

その上メリサはアメリアにとって、〝逆らえない相手〟。

実家で彼女から受けてきた数々の仕打ちがフラッシュバックのように蘇《よみがえ》る。

アメリアの意思とは関係なく、もはや刷り込みのように本能がこう悲鳴を上げている。

——逆らえない……怖い……。

もしここで拒否してしまったら、どんな目に遭わされることか。

内心のパニックを表に出さないので精一杯だった。

何年もかけて刻み続けられた〝他人の言葉〟の呪縛は、アメリアに根深く絡みついていたのだ。

極め付けは、こうなったのは自分が悪いんだという自責思考。

メリサが来たのは支度金の事をローガンに伝え忘れていた自分が原因だという罪の意識も重なっ

て、アメリアはこう答えてしまった。

「……はい、そうです。彼女はハグル家の侍女の方で……支度金のことでお話をしに来たのです」

ニヤリと、メリサは満足そうに頷《うなず》く。

「そうですか……でしたら問題ありませんね。ようこそヘルンベルク家へ、お通りください」

アメリアとメリサの関係など露ほども知らない門番は、そう言ってにこやかに身を下げた。

メリサの見かけは、侍女の格好をしたふくよかな女性。

門番が警戒心を持てなかったのも無理はない。

「ありがとうございます」

にっこりと表だけの笑顔を門番に向けた後、ズンズンとメリサがこちらに向かってくる。

小柄なアメリアに対し、彼女の体格は横にも縦にも大きい。

すぐ目の前に来るだけで相当な圧を感じた。

後退《あとずさ》りそうになるのをアメリアはなんとか堪《こら》える。

……しばし、間があった。

メリサが言葉を発しようとしない。

目線を下の方に向けて、何かに驚いているように目を見開いていた。

「……あの？」

アメリアが声を発すると、ハッとしたようにメリサは表情を戻した。

「元気そうね、アメリア」

門番から距離をとったことで、厚いドレスを脱ぎ捨てるように口調が元に戻った。

なんという変わり身の早さである。

「まだそんな薄汚いドレスを着ているの？　せっかく公爵様に嫁いだんだから、ドレスの一つや二つ買ってもらいなさいよ」

「あはは……お恥ずかしい……」

今日買ったと絶対に口にしてはいけないと、これまでの経験上アメリアは確信していた。

「というか、なんでいつまで経《た》っても支度金が届かないのよ？」

突然話を切り込んでくるメリサ。

彼女から不機嫌オーラを感じ、アメリアは息を呑《の》む。

「大変、申し訳ございません……私の伝達が抜けておりまして……」

「はっ、どうせそんなことだろうと思ったわ。相変わらず本当に愚図ね」

メリサが腕を組み、高圧的に言う。

「お陰ではるばる遣わされた私の身にもなりなさいよ。本当、いなくなっても迷惑をかけるなんて最悪だわ」

「重ね重ね……申し訳ございません」

アメリアは一切の口答えをせず、ただただ謝罪を口にした。

それが最善手だと、アメリアは知っていたから。

「ふん、まあいいわ」

メリサがつまらなそうに言う。

「私が全部話をつけてあげるから。さあ、早く屋敷に案内してちょうだい。今日は一日王都で遊ん……じゃなくて、仕事をしていてクタクタなの。さっさと用件を終わらせて帰りたいわ」

他家の、それも公爵家の敷地内で下手なことは出来ない事は、流石のメリサもわかっているようだった。

何か腹の立つことでもあったのか、先程からイライラが積み重なっているような気もするが。

「はい、すぐに……屋敷はこちらです」

早くメリサから距離を置きたい。

その一心で、アメリアは屋敷の方へ足を向けた。

後ろを、メリサがついてくる。

その圧によって、また何もないところで転びそうになる。

肩を落としてとぼとぼと歩きながら、アメリアは心の中で大きな溜息《ためいき》をついた。

（……なんで私、こうなんだろう）

せっかく、環境が変わって、ローガンやヘルンベルク家の人たちに受け入れてもらえたのに。

ローガンからお茶会の誘いを貰《もら》った際、〝変わりたい〟と強く願ったくせに。

それなのに、実家の人間を目の前にするとこの有様だ。

(やっぱり私は……何も変わっていない……)

自分の主張を押し出せず、他人の言葉に萎縮して流されてしまう自分に嫌気が差す。

自己嫌悪がぐるぐると頭の中を回って、今すぐ消えてしまいたい気持ちになった。

「ところで」

「きゃっ……」

突然、後ろから腕をぐいっと引っ張られた。抗《あらが》えない力で、メリサの方に身体《からだ》を向けられる。

怯えるようにメリサを見上げるのと、彼女が言葉を口にするのは同時だった。

「それ、私にくれない?」

メリサがずいっと指差す先には……アメリアの胸元で輝く、〝クラウン・ブラッド〟のペンダントが輝いていた。

◇◇◇

夢でも見ているのかと思った。

ヘルンベルク家の門番に足止めを食らっている所へ、タイミングよくアメリアがやって来た。

彼女の姿をしっかりと視界に収めて、メリサは愕然《がくぜん》とした。

（本当に、アメリア……？）

目を疑った。

メリサの記憶の中のアメリアは、ガリガリで肌も薄汚れていて、髪も毛先が痛んでいてボロボロ。表情も暗く、『醜穢令嬢《しゅうわい》』の名に相応《ふさわ》しい容姿をしていた。

それが……今やどうだ？

メリサの前に現れたアメリアは、ぱっと見でわかるほどの変貌を遂げていた。

肌は白くハリがあり、髪に至っては絹糸のように美しくサラサラだ。

表情も心なしか光が宿っているように見えた。

確かに、面影は残っている。

最後に会った時よりも肉付きは良くなっているとはいえ、まだまだ身体は細くて不健康だし着ているドレスは見覚えのある地味なやつだ。

だが、とメリサの勘が囁《ささや》く。

もっと食べてちゃんとしたドレスを着て化粧をすれば、アメリアはとんでもない美人に……そこで、メリサは考えることをやめた。

ありえない、そんなはずはないと、脳が現実を拒否した。

認められなかった。いや、認めたくなかった。

あの愚図で遥《はる》か下に見ていたアメリアが、磨けば眩《まばゆ》いほど輝くダイヤの原石だなどと……。

表情筋を引き攣《つ》らせながら、メリサは言葉をかける。

「久しぶりね、アメリア」

つい昔の癖と、意識がアメリアの容姿に気を取られていたため敬語が抜けてしまう。

「……っと、大変失礼いたしました、アメリア〝様〟。つい昔のよしみで」

危ない、アメリアは今は公爵家当主の婚約者だった。

実家にいた頃と同じように接していたら、門番に不審がられてしまう。

なんだか悔しいが、ここは我慢するしかないと分別を弁《わきま》えるほどには、今のところメリサの理性は残っていた。それからアメリアに命じて、門番に通してもらった。

彼女の近くまで来て、メリサは気づく。

（なんでコイツがあの宝石を……!?）

アメリアの首にかかるペンダントを見て、メリサは目を剝《む》いた。

先程、王都の宝石店でごねにごねても手に入らなかった、メリサにとって喉から手が出るほど欲しかった一品。しかもそのペンダントの宝石は、宝石店で見たものよりもずっと大きくて美しい輝きを放っていた。

ペンダントの宝石が、メリサが欲しがっていたそれよりもずっと格の高い一品である事をメリサが知る由もない。

「……あの？」

宝石に気を取られている間に、アメリアが不思議そうに首を傾《かし》げている。

(いけない、いけない……)

念の為周囲を確認してから。

動揺を悟られぬよう、メリサは平静を装って口を開く。

「元気そうね、アメリア。まだそんな薄汚いドレスを着ているの？」

それから嫌味を投げかけてみても、アメリアは愛想笑いを浮かべるばかり。

支度金のことでチクチク突いても、謝罪の一点張りだった。

どこか余裕すら感じるその対応に、メリサは内心で歯軋《はぎし》りする。

(……気に食わないわね)

自分の中に芽生えた感情が嫉妬であることを自覚した途端、メリサのプライドはわかりやすく傷ついた。行き場のないイライラは怒りとなってメラメラと燃え上がり始める。

そんなメリサの心情など欠片《かけら》も知らないアメリアの案内で、屋敷までの道のりを歩く。

その後ろ姿を、どこかビクビクした物言いを、たまに何もないところでこけそうになるのを目にするたびに、彼女がアメリアであることを嫌でも確信させられる。

(……冗談じゃないわよ)

悔しさが、怒りが、ムクムクと姿を現す。

(ああ、腹が立つ……)

イライラが募って、わなわなと肩が震え始める。

歳《とし》をとると気が短くなってどうもいけない。ハグル家だったら、いつものように何かと理由をつけて鬱憤を発散していたが、ここは公爵家の敷地内。

流石のメリサも理性の歯止めがかかり、何かを起こそうという気にはなっていない。

だが、一度火がついた苛立《いらだ》ちは消えそうにない。

なんとかして解消したい。

そんな中、メリサに思いつきが舞い降りた。

（そのペンダント……寄越《よこ》してくれないかしら）

それは、悪魔の囁きだった。

どこでその宝石を手に入れたのかは知らないが、まさか公爵様に貰ったものではないだろう。

こんな根暗で好かれる要素のない愚図が、あんな高価な宝石を譲り受けられるわけがないとメリサは思った。

（確かアメリアは……庭でよく、妙な石を採取していたわね……）

きっと、どこかで取ってきた石を自分で加工して、せめてものおめかしをしているつもりなのだろう。そうだ、きっとそうに違いない。

（そもそも、その宝石はブラッドストーンじゃ無いんだわ。確かに似ているけど、輝きも違いすぎるし全く別の宝石ね……あのクソ店主も、ノース地方の山脈でしか採れないと言っていたし……）

都合よく組み上がっていく、メリサの解釈。

欲望が先で、理屈はあとだった。

（むしろ、ここでアメリアから貰うのはなんらおかしい事じゃないわね……）

ニヤリと、メリサは口角を吊《つ》り上げた。

支度金の件でこれだけ手間をかけさせられたのだから、迷惑料として宝石の一つや二つ貰うくらいどうって事ないだろう。

いや、むしろ貰って然《しか》るべきだ。

貰って当然だとすらメリサは思った。

全ての思い込みが終わってからは早かった。

「ところで」

「きゃっ……」

アメリアの腕を引っ張ると同時に、悲鳴が上がる。

怯えるように見上げてくるアメリアに構わず、メリサがペンダントを指さして言った。

「それ、私にくれない？」

返答を待つまでもない。ニタニタとメリサは笑う。

今までの、ハグル家での出来事を思い返す。

メリサが目をつけ、寄越せと言ったものはアメリアは一切の文句もなしに渡してきた。

今回もきっと、どうぞ貰ってくださいと言わんばかりに差し出してくるだろう。

（むしろ、アメリアじゃ不釣り合いなペンダントを、この私がつけてあげるのだから感謝されてもいいくらいだわ）

アメリアが激変した事については記憶から抹消したらしい。

すでにメリサの頭の中では、〝この美しいペンダントを身につけた美人な自分〟の姿を思い描いてうっとりしていた。

自分の体格が年々横に伸びていってる事実も、ついでに記憶から抹消したようだ。

「……や……です……」

ぴくりと、メリサの眉が動く。

「なんですって？」

声を低くして聞き返す。

おかしい。絶対に、アメリアの口から出るはずのない言葉が出た気が。

「いや……です！」

今度ははっきりと、聞こえた。

◇◇◇

「それ、私にくれない？」

メリサに言われた途端、アメリアは反射的にペンダントを守るように握り締めた。

途方もない後悔が到来する。

（なんで隠さなかったの……!!）

今までのメリサの行動からして、このペンダントに目を付けられる事くらい少し考えれば分かっていたはずだ。これまでどれほど物を取られてきたと思っているのだ。

しかしどれだけ自分を責めようとも後の祭り。ニタニタと笑うメリサが、ずいっと掌《てのひら》をこちらに差し出してくる。さあ、寄越しなさいと言わんばかりに。

実際、アメリアはメリサに言われるがままたくさんの物を差し出し……いや、強奪されてきた。

痛々しい記憶がフラッシュバックする。

少しでも逆らう素振りを見せたらその度に痛い思いに遭わされてきた。

ここで渡さなかったらまた、酷い目に遭わされる。

そんな恐怖がアメリアの身に纏《まと》わり付く。

『早く渡さなきゃ』という思考が洗脳のように湧き出し、ペンダントを握り締める手が緩み——。

——とても、よく似合っている。

脳裏に響き渡る声。

——君の美しい赤髪にぴったりだ。

思い浮かぶ、ローガンの笑顔。
(ローガン様からの、初めての贈り物……)
一生の宝物にしようと誓った、大事な大事なペンダント。
アメリアの中に、今までメリサに対し抱いた事のなかった感情が芽生えた。
ずっと言われるがままだった。主体性が無く、されるがままだった。
この人には絶対に逆らえないと思っていた。
(だけど……)
思った。強く、強く思った。
これだけは、このペンダントだけは——。
(渡したくない……!!)
ぎゅうっと、ペンダントを握り締めて。
震える唇で、アメリアは言葉を発した。
「……や……です……」
思ったより小さなその声は、メリサの眉をぴくりと動かした。
「なんですって?」
低い声で聞き返される。
恐怖で竦《すく》みそうになる身体を奮い立たせ、キッとメリサを睨《にら》みつけて。

今度ははっきりと、アメリアは言い放った。

「いや……です！」

アメリアの拒否に、メリサの反応が一瞬遅れた。

何を言われたのか理解出来なかったようだった。

しかしすぐに、メリサの表情がみるみるうちに怒りに染まって。

「はあああぁぁぁ!?」

どんっと雷が落ちたような怒声。

びくりとアメリアの肩が震える。

「アンタ、自分が何を言ったかわかってんの？」

ドスの利いた声に後ずさりそうになる。

でも耐えて、メリサの目を見据えアメリアは再び言い放つ。

「わかってます！　このペンダントは……絶対に渡しません！」

ぶちぶちぶちぃっと、メリサのこめかみにいくつもの青筋が浮かび、切れた。

「いいから渡せって言ってんのよ！」

渡さないのなら奪い取るまで。これまでもそうしてきた。

理性が吹き飛び完全に怒りに支配されたメリサが摑《つか》みかかってくる。

「いやっ……やめてください!!　やめて……!!」

必死に抵抗するが、まだまだ栄養不足気味で小柄な体格のアメリアでは、たっぷりとエネルギーを吸い込んだメリサの身体には歯が立たない。

あっという間にアメリアはメリサに押し倒され組み敷かれてしまう。

それでもアメリアは必死に身をよじって反抗した。

「このおっ……抵抗……するなぁ!!」

メリサはアメリアに馬乗りになって負けじと手を伸ばす。

こんな場面、ヘルンベルク家の誰かに見られよう物なら一発で不敬罪案件だ。

しかしメリサは先程まで溜《た》まっていた鬱憤が爆発した上に、ヘイトの対象であるアメリアに反抗を受けぷっつんと切れていたため正常な判断力を失っていた。

攻防はしばらく続いていたが、体力でもハンデを抱えるアメリアの抵抗が徐々に弱まってきた。

「あっ……」

アメリアの細腕から力が抜けた一瞬の隙をついて、メリサがペンダントのチェーン部分を鷲摑《わしづか》みにする。

「いやっ……離して……!!」

「こ、こら！　動くな!!」

ペンダントを外そうとするメリサに、アメリアは力を振り絞って抵抗する。

そのせいでなかなか外れない。

もどかしさ、焦《じ》れったさがついに臨界点を突破した。

「動くなって、言ってるでしょう!!」

その刹那。

ぶちぶちいっと、ペンダントのチェーンが嫌な音を立てて引きちぎられた。

「――っ!!」

アメリアが言葉にならない悲鳴を上げる。

「わっ……!!」

勢い余って重心が後ろにずれたメリサはつい、今しがた掴んだペンダントを離してしまった。

ペンダントが宙を舞い、重力に引かれて落ちていく。

きん、きん、ぱきんと、クラウン・ブラッドが石作りの地面を転がる。

その音に混じって。

ちりん、ちりんと、宝石とは違う音がどこかから聞こえてきたような気がした。

「はあ……はあ……全く、よくも手こずらせてくれたわね……」

メリサが立ち上がり、ペンダントの元へ。

ペンダントを奪われてしまったショックで、アメリアは呆然《ぼうぜん》としていた。

「そうそうこれが欲しかったのよ、これが……ああ、綺麗……」

うっとりと、拾い上げたペンダントに見惚《みと》れるメリサ。

もう完全に自分のものにしてしまっているらしい。

「あら？」

メリサがしげしげと、宝石を見つめる。アメリアも弱々しく見上げると……クラウン・ブラッドの一部がほんの少しだけ傷ついてしまっていた。

「ちょっと傷物になってしまったみたいだけど、目立つほどじゃないしいいわね。まあ、どうせその辺で拾ってきた安物なんだし」

（安物だなんて……!!）

メリサは何を勘違いしているのかは知らないが、それはブラッドストーンの中でもさらに希少なクラウン・ブラッドの宝石だ。

しかしそんな市場的な価値よりも、アメリアにとって大事な付加価値があった。

（ローガン様からの……）

大事な大事な贈り物を、奪われた挙句に傷をつけられてしまった。

その事実に、アメリアの胸中では涙が滲《にじ》むほどの悲しさと辛《つら》さが渦巻く。

「ほら、いつまで寝転がってんの？　さっさと屋敷に案内してちょうだい」

盗人猛々《ぬすっとたけだけ》しくメリサは言う。ペンダントを手に入れて満足したのか、これ以上は追撃してくる様子がない。その事にアメリアは安堵《あんど》では無い、別の感情を抱いた。

今まで自分の中に手持ちがなかったと思い込んでいた感情。

自分の意思で、他人に反骨心を剝き出しにし初めて抱いた〝怒り〟だった。

わなわなと拳を震わせながら上半身を起こし、アメリアはメリサを睨みつける。

「何よ、その目は？」

視線に気づいたメリサが眉を顰《ひそ》める。

「……さない」

「は？」

「貴方《あなた》だけは、絶対に許さない!!」

アメリアが叫ぶと、メリサは驚いたように目を見開いた。

しかしすぐに、忌々しそうに表情を歪めて。

「公爵家に嫁いだくせに、まだ礼儀がなっていないようね」

無礼者はどっちだ、とアメリアが口にする前にメリサは膝をついた。

そして、アメリアの胸ぐらを摑む。反対の手が、宙に向けて動く。

過去の痛みを思い起こして、アメリアは萎縮してしまう。

（ローガン様……!!）

アメリアが目をぎゅっと瞑《つぶ》ったその時。

「何をしている!?」

アメリアが今、一番聞きたかった声が鼓膜を叩いた。ローガンが声を上げながら、こちらに駆けてくる。その姿を認めた途端、アメリアは深い安堵の息をついた。

　メリサもローガンに気付き、息を呑む。

『まずい』と表情に焦りが出たのも一瞬。まずメリサは「……ちっ」と小さく舌打ちをした後、先程奪い取ったペンダントをそれとなくアメリアの上に戻した。

　それから余裕ある風に立ち上がり、アメリアから距離を取る。

　入れ替わりでローガンがアメリアに駆け寄る。

「アメリア、大丈夫か？　怪我《けが》は無いか？」

「は、はい……なんとか……」

　目立った外傷は無い事を確認すると、ローガンはほっとしたように息をついた。

　しかしすぐに目を伏せて。

「すまない……」

　心底申し訳なさそうにローガンは言う。

「俺がもっと早くに駆けつけていれば……」

　こんなにも後悔に駆られて余裕のないローガンの表情を、アメリアは初めて目にした。

　間が悪かっただけ、自分を責めないでと口を開こうとする前に、メリサが口を開いた。

「お初にお目にかかります。私、ハグル家に仕えております侍女のメリサと申します。ハグル家当主の命により、支度金の話をしに参りました」

同時に、ローガンがアメリアを守るように立ちはだかった。

先程とは一転、敵意を剝き出しにした表情。

そんなローガンによそ行きの笑みを浮かべ、深々と頭を下げるメリサ。

メリサはローガンと直接面識はないはずだが、彼の着ている服とその容貌から位の高い者だと判断したらしい。

「ヘルンベルク家当主、ローガン・ヘルンベルクだ」

身分を明かすと、メリサの肩がぴくりと震える。

間髪を容《い》れず、ローガンは言った。

「支度金の話は後だ。まずはこの状況を説明しろ」

怒りを含んだ鋭い声だった。

ローガンから見ると、先程メリサはアメリアに馬乗りになっていた。

公爵家当主の婚約者を一介の侍女が組み敷くなど、あってはならないことだ。

当然のことながら不敬罪ものだろう。下手したら死罪も免れぬ重い罪に問われる場合もある。

しかしメリサは、臆することなく言った。

「では僭越《せんえつ》ながら。先程アメリア様に屋敷までご案内いただいている際、石か何かにお躓《つまず》きになりました」

不自然に平坦《へいたん》な声でメリサは言う。

「それで助けようとした時、一緒に転んでしまいあのような体勢に……転倒を防ぐことが出来ず、また誤解を与えるような真似《まね》をしてしまい、大変申し訳ございません」

これまでメリサは、仕事のミスを、修羅場を、人間関係のいざこざを数々の嘘で乗り越えてきた。

その場凌《しの》ぎの嘘はメリサのお手の物だった。

「……なるほど、つまりは事故だと？」

「はい、仰る通りです」

あまりに悪びれなく言うメリサに、ローガンは押し黙る。

反論の手立てがなくなったわけではない。

自分から主張し詰めていくのではなく、まずは相手の主張に乗って言わせるだけ言わせておく。

そして提示された主張の矛盾や根拠が薄い部分を突いていくという論法を取っていた。

こと対人コミュニケーションや交渉においては、ローガンはメリサよりも何十枚も上手だった。

しかし一介の侍女にして屁理屈《へりくつ》おばさんにしか過ぎないメリサは、ローガンが黙ったことを好機と捉えてしまう。メリサが、間髪を容れずに言う。

「私はアメリア様の侍女をかれこれ十年以上務めてきました。なので、アメリア様の転び癖はよく存じ上げております」

「ほう……ということは、ハグル家でアメリアの専属をしていたと？」

「ええ、左様でございます」

にっこりと、メリサは微笑《ほほえ》んだ。

自身の発言に説得力を持たせることができた、とメリサは勝ちを確信した。

実際は逆だった。ローガンがぐぐぐっと、拳を固く握り締めたのをメリサは知らない。

落ち着かせるように大きく息を吐いてから、呆《あき》れたようにローガンは尋ねる。

「……ペンダントが、外れているように見えるが？」

「アメリア様がお転びになる際、軽くパニックを起こされたようでして、その際に外れたものかと思われます」

「そうか」

この時すでにローガンはペンダントが損傷している事に気づいていたが、あえて口にしなかった。

彼の頭の中では着々と、断罪のカードと行程が組み上がっていた。

そんな彼の思考など読めているはずもないメリサは、息をするように嘘を並べた後。

「そうですよね？　アメリア様」

アメリアの方を見て言った。

圧のある、勝ち誇った笑みだった。

アメリアはきっと私に逆らえない。さっきまでの反抗はきっと一時の気の迷いで、先程自分が説明した内容を全て認めてくれるに違いない。

そう、メリサは都合よく思い込んだ。思い込むしか無かった。

……実際のところ。流石のメリサも、公爵様を前にして全くの平常心を保っているわけでは無かった。少しでも言葉を間違えれば、自分は投獄、最悪死罪になってしまう。

そんな中で嘘八百を並べたのだ。その上でアメリアに否定されたら一気に分が悪くなる。

メリサは内心、生きた心地がしていなかった。

アメリアはきっと自分の思った通りの返答をしてくれるはずだ。

そう思い込まないと表情に動揺が出てしまいそうだった。

……しかし、そんな薄っぺらいメリサの内心を見抜けぬほど、ローガンは愚かではない。

「アメリア」

呼びかけられ、ローガンを見上げるアメリア。

「大丈夫だ」

ローガンが、頷く。全部わかってる、と言わんばかりに。

アメリアに迷いは無くなった。というか、もはや迷いは最初からありもしなかった。

確固たる自分の意思に従って、アメリアは口を開く。

「……全部嘘です」

「……はい？」

キッとメリサを睨みつけて、アメリアは叫んだ。

「全部……全部嘘です！　メリサが私のペンダントを寄越せって言ってきて、拒否したら無理やり奪われて、その際に揉《も》み合いになってペンダントが傷ついてしまって……挙げ句の果てに、私を打とうと馬乗りになってきたのです！」

自分はこんな大きな声を出せるのかと、アメリアは驚いた。

これまで、メリサに対して抱いてきた鬱憤が弾《はじ》け、エネルギーとなって腹の底から言葉が飛び出した。先程、ローガンとメリサがやりとりしている間、ずっと考えていた。

（なんで私、ずっとこんな人の言いなりだったんだろう……）

実家では閉鎖された空間で、この人には逆らえないと思い込んでいた。

しかしヘルンベルク家に来て、様々な価値観に触れた。

味方ができて、自分の意思を持つことを許された。

一度洗脳が解けてしまえば、メリサに対する隷属意識も霧散していた。

今更アメリアがメリサの言葉に従うはずも無いのだ。

「よく言った」

ローガンは満足そうに頷いた後、アメリアの頭をぽんぽんと撫でた。

安堵と嬉《うれ》しさと申し訳なさと色々な感情がごっちゃになって。

でも精一杯の笑みを浮かべ、アメリアは涙声で「……はい」と呟《つぶや》く。

「っ……」

そこで初めて、メリサの表情に焦りが浮かんだ。

全ての嘘を覆され、真実を暴露されてしまった。そもそも先ほどからのアメリアとローガンのやりとりは、固い信頼関係が結ばれていることの象徴。

公爵様に好かれているはずがないというメリサの思い込みはそもそも最初から破綻していて、この状況でローガンがどちらの言葉を信じるかなんて……愚問にも程があった。

「だ、そうだが？」

ぎろりと、もはや殺意に近い視線でローガンがメリサを睨む。

ひっ……とメリサは小さく悲鳴を上げた。

「な、何かの間違いです！　そのような事は、私はしておりません!!」

声が裏返ってしまうのも、ダラダラと冷や汗が噴き出しているのも厭《いと》わずメリサは叫ぶ。

「では君は、婚約者が嘘をついていると？」

「そういうわけではありませんが……それでも、全く身に覚えがないのです！」

アメリアを嘘つきだと主張する事自体がもう不敬に値するのだが、メリサに残されている道はもうそれしか無かった。最初に確認した感じ、周囲に人気はなかった。

目撃者もいないはずだ。

やっていないの一点張りをすれば、なんとか……。

という希望に縋《すが》るしか、メリサには出来なかった。

「確かに特別な間柄ではありますが、一方の意見しか取り入れないのは、あまりにも不公平すぎます！」

「何か勘違いをしているようだが……」

静かに、あくまでも冷静に、ローガンは言う。

「別に私は、アメリアの意見だけを優遇しているわけでは無い」

「ですが……」

「実を言うと、君のことはよく知っているんだ」

「……え？」

メリサの顔が困惑に染まる。

「ハグル家では、アメリアが大層世話になったようだな」

オスカーから提出された、ハグル家でのアメリアの扱いに関する報告書。

その一項目にあった——侍女からの嫌がらせ、虐待。

今思い出しただけでも怒りが込み上げてくる。

その怒りはしっかりとローガンを纏い、メリサに向けて圧となり放たれた。

「一介の侍女でありながら、本来仕えるべき主人を蔑《ないがし》ろにし、虐げ続けた貴様の言葉の信用なぞ、最初からあるわけなかろうが!!」

（なぜそれを……!!）

と口に出そうになるのをなんとか飲み込んだ。

空気の読めないメリサでも流石にわかる。今目の前にいる公爵様は……自分がハグル家でアメリアにしてきた仕打ちに対して激怒しているのだと。

どれだけの事をしてきたか、ローガンはあえて口にはしない。

そのことで、メリサに揺さぶりをかける。

どこまで知られている、どこまで裏を取られている？

一切情報がない故の混乱、恐怖。

以前、ローガンがアメリアに使ったのと同じ手法だ。

一気に情報量が増えて頭が真っ白になるメリサ。

ただひとつだけわかる。この状況は、まずい。非常にまずい。

「それに、だ」

口をぱくぱくさせるだけで次の言葉を告げられないメリサに、ローガンは言う。

「彼女と過ごした期間はまだ短いが……」

アメリアの肩を抱き寄せ、ローガンは言い放った。

「婚約者、アメリアは……人を傷つけるような嘘は断じて口にしない!!」

貴様と違って、な。と付け加えて。

「ローガン……様……」

ぽろりと、アメリアの目尻から一筋の涙がこぼれ落ちる。

ローガンの言葉がアメリアにとってどれだけ嬉しかったか、言うまでもないだろう。

「そ……」

もはやメリサに、反論の材料は残されていない。

「そ、それでも私は……やっていません！」

もうそう言い張るしか無かった。

最初の余裕な態度はもう見る影もない。

「ハグル家での件は棚上げか……まあいい」

よくないが、まずは先ほどの件を片付けた方が良さそうだとローガンは判断した。

「どうしても、やっていないと主張するのだな？」

「はい、事実無根です……!!」

あまりの面の皮の厚さに、流石のローガンも溜息をついた。

話が通じない相手とはまさにこういう奴《やつ》のことを言うのだろうと辟易《へきえき》する。

現段階で、数々の不敬を根拠にメリサを牢《ろう》へぶち込むことも容易だ。

メリサの主張はどう見ても突っ込みどころ満載だし、これで押し通せると思っているあたり知能の低さが垣間見《かいまみ》える。

そもそも一介の侍女と公爵様では地位に天と地ほどの差があるのだ。ローガンはアメリアの言葉を全面的に信用していて、メリサの主張などこれっぽっちも信じていない。

……だが『自分はやっていない』と未だに意固地を張るメリサの態度が心底気に食わない。

本当に本当に腹の底から五臓六腑《ごぞうろっぷ》が煮えくりかえる程気に食わない、不愉快、不快、ふざけてんのかコイツは。

メリサに対する怒りは止《とど》まる所を知らない。

彼女には全ての非を認めさせ、泣いて許しを請わせたいとローガンは思っていた。

否、そんなの、アメリアが今まで味わってきた苦痛に比べたら生ぬるいってもんじゃない。

もし出来る事なら今すぐにでも足腰立たなくなるまで何度も何度も顔面に拳を……いや、炎天下の青空のもと磔《はりつけ》のうえ街中を引き摺《ず》り回した後で火炙《ひあぶ》りにして……などと、貴公子らしからぬ物騒なことまで考えてしまっている。

アメリアに対し耐え難い苦痛を強いてきた侍女に対する、業火の如《ごと》き怒りはなかなか収まりそうに無かった。

じっくりと、地獄のような苦痛を伴う尋問にかけるのもまた一興か。

などとローガンが考えていたその時――。

「やれやれ。腹の黒さだけでなく、面の皮も厚いとは救いようがないのう」

第三者の声に、その場にいた全員が振り返る。

視線の先にいたのは……。

「キャロル……さん？」

アメリアが驚愕《きょうがく》の言葉を落とすと、その人物——先日、アメリアと親睦を深めた老婦人キャロルは、にいっと笑って言った。

「証人ならここにおるぞ」

（キャロルさん……なぜここに……？）

突然の登場に狼狽《うろた》えるアメリアだったが、先日キャロルが池で『庭園を散歩するのが日課』と言っていたのを思い出し合点がいく。

キャロルは、先日アメリアと池で会った時と同じく使用人が着ているような簡素な服装だった。

一見すると庭園を整える庭師にしか見えない。

そんな、見かけは老人のキャロルから放たれた言葉に、メリサの心臓は今度こそ静止した。

（まずい……まずい……）

もはやメリサは生きた心地がしなかった。

「途中からじゃが、ばっちり見ておった」

ゆっくりと、キャロルが歩いて来ながら言う。

「そこの侍女が、アメリアのペンダントを無理やり強奪しようと押し倒し……」

（まずいまずいまずいまずい……!!）

絶対に出るはずがないと踏んでいた第三者の証言は、これもメリサの『出てほしくない』という願望から生まれたお得意の思い込みに過ぎなかった。

ヘルンベルク家の敷地は広いとは言え、公爵家という事もあり出入りする者は少なくない。

普通に、目撃者がいてもおかしくないのだ。

「アメリアが必死に抵抗しているのを押し込んで、侍女はペンダントを無理やり引きちぎった、そして……」

キャロルが言葉を並べていくにつれ、ローガンの形相が物凄《ものすご》いものになっていく。

もはやメリサの投獄、そして地獄のような処罰は確定的なものになった。

（私は悪くない……悪くないのに……!!）

この期に及んでそんなことを思うメリサ。

（なんとかしないと、なんとかしないと……でもどうやって……?）

第三者の証言まで揃《そろ》ったらもう、覆すことは不可能に近い。

それも、相手は貴族界きっての切れ者と名高いローガン公爵だ。不可能だ。

（こんなこと……起こっていいはずがない……!!）

浅くなる呼吸。ぐらぐらと揺れる視界。もう服は汗でびしょびしょだ。

嫌だ嫌だと、往生際の悪いメリサの心が駄々をこねる。

この場から逃げてしまおうか、という思いつきも却下。

ローガンからは逃げられないだろうし、自分の行いの全てを認めたことになる。

逃亡した罪も加算されてしまうだろう。もう、詰み。それを確信した、その時。

（やってないで押し通せると思ったのに……通せなくても、少しは猶予が生まれると思ったのに……）

ローガンが相手では実際無理な話だったが、メリサはそれを認めない。

（それなのに、最後の最後に全て滅茶苦茶《めちゃくちゃ》にしやがって……）

使用人らしき老人……ババアさえ出てこなければ……!!

メリサの絶望は憤怒となって、全てをぶち壊したキャロルに対して注がれた。

完全な八つ当たりである。

「挙げ句の果てに、そこの侍女はアメリアに馬乗りになって手を振り上げ……」

（このババアだけは、絶対に許さない……!!）

『そこら辺のたかが庭師に私の人生を破滅させられた』と、メリサは業火の如き怒りを抱く。

自分より弱い者に舐《な》められるのが何より許せない性質と、怒りに支配されると理性的な判断ができなくなる性質、そして追い込まれ全ての余裕がなくなったその結果……。

「……だまれ」

メリサにかろうじて残っていた、最後の理性がぷつんと切れた。

「おお、どうした？　何か言ったかのう？」

「黙れ黙れ黙れ黙れ黙れ黙れ黙れ黙れ!!」

ギンッ!!

メリサの双眸《そうぼう》に殺意の炎が灯《とも》り――。

「だまれえええええええぇぇぇぇぇあああああぁぁぁぁぁ！！」

地獄の雄叫《おたけ》びと共に駆けた。

このクソババアだけは生かしておけないという、ただ一つの衝動だけに突き動かされて。

ドスドスドスドスッと大きな身体を揺れ動かしながらキャロルの方へ全力疾走するメリサの姿たるや餌に突進する豚の如し。冷静な思考を全て失い後先なんて少しも考えず、ただただ怒りの感情を発散するためだけに取った行動。メリサの、最後の醜い悪あがきだった。

突然のメリサの凶行に、アメリアもローガンも咄嗟《とっさ》に動くことができない。

「キャロルさん……!!」

やっとのことで、状況を理解したアメリアが悲鳴に近い声を上げる。

そんな中……ローガンが、呆れたように息をついた。

まるで『その猛獣だけには近づいてはいけないと、忠告をしたのに』と言わんばかりに……。

「死ねえええええええぇぇぇぇぇぇぇぇぇぇぇああああああぁぁぁぁぁ！！！！」

言葉になってない奇声を上げながら、メリサがキャロルをぶん殴らんと拳を振り上げる。

もう距離は幾ばくもない。

「キャロルさん!!　逃げて!!」

アメリアの悲鳴。

体格差で言うと圧倒的に大きなメリサが、キャロルの眼前に迫り――。

「逃げる？」

にやりと、キャロルが口角を持ち上げて。

「誰に言ってるのじゃ？」

振り下ろされるメリサの拳。

――瞬間、キャロルの身体が残像のようにズレた。

「……えっ……!?」

「遅い」

メリサの初撃を、身体を少しだけ横に移動する事で回避。

驚愕に染まるメリサの頬に、キャロルは目にも止まらぬ速さで肘を打ち込んだ。

「うごぁっ……!?」

ゴキイッと嫌な音。横に吹っ飛ぶメリサの口から血飛沫《ちしぶき》と折れた歯が舞う。

「い……あ……？」

突然の出来事で脳が追いつかぬまま地面に倒れゆくメリサの顎下を、いつの間にか移動していたキャロルが思い切り蹴り上げた。

「ぐほえっ!?」

またまた鈍い打撃音と肉が潰れるような音。どばあっとメリサが吐血する。

のけ反った姿勢でメリサはそのまま後ろにあった木に背中を打ち付けた。

そんなメリサの髪の毛を、前から乱暴に摑み自分の顔の前に引き寄せるキャロル。

「ひっ……」

だらだらと口から血を流すメリサ。もはや彼女の戦意は微塵《みじん》も残っていなかった。

「冥土の土産に良いことを教えてやろう」

にっこりと笑って、キャロルは言う。

「アメリアはわしの大切な友人でのう……」

弾んだ声、からの低い声。

「お主がアメリアに行ってきた仕打ちに、わしも底知れぬ怒りを覚えているのじゃ」

「っ……」

悲鳴をあげることすら許されないほどの、殺気。数え切れぬほどの戦いと血みどろの世界を渡り歩いてきた者しか発せない、〝本物の殺気〟だった。

——殺される、とメリサは思った。

思考が、恐怖一色に染まる。

「やめ……て……ゆ……るして……」

やっとのことで口にできた命乞いを嘲笑《あざわら》うかのように、キャロルはぐぐっと拳を構える。

年季の入った皺《しわ》に交じって、びきびきと幾重もの血管が拳に浮かんだ。

「お主に虐げられている時、きっとアメリアも同じことを言っていたと思うぞ？　それでお主は手を止めたのか？」

静かな怒りを灯した言葉に、メリサは何も返す事ができない。

過去の自分は……手を止めることはなかった。

嘲笑い、虐げ続けた。因果応報、自業自得。

ここまできてようやく、メリサはそれに気づくことが出来た。

だが、もう遅い。

「アメリアの痛み、身を以《もつ》て思い知れ」

キャロルがメリサの頭を乱暴に手離す。

メリサが木に背中を打ち付けると同時に、キャロルは拳を放った。

目にも止まらない最後の一撃は、まっすぐとメリサの顔面——の横の木を捉えた。

ドンッッ！！

と何かが爆発したような音と一緒に、木にキャロルの拳がめり込む。

数瞬の間の後、恐怖からかメリサは白目を剝き、ぶくぶくと泡を吹いて倒れた。

「流石に、これ以上は死んでしまうからのう」

そう言って、キャロルは肩を竦める。

（……今、何が起きたの？）

一方で、目の前で繰り広げられた状況に理解が追いついていないアメリア。

倒れたままピクリとも動かないメリサを見て、思わず息を呑む。

痛そう、と思った。辛いだろうな、とも思った。

でも不思議と、同情はなかった。

今までメリサが自分にしてきた事を考えると、自分が哀憐《あいれん》の情を抱けないのも無理はない。

むしろ……胸のあたりは暗雲が消え大空が広がったように清々《すがすが》しい気持ちすらあった。

今まで抱いたことのない感覚だった。

アメリアはやっとのことで言葉を発する。

「生きてるん……ですか？」

「これくらいで人間は死にゃあせんよ」

まるで、どのくらいで人が死ぬのかを知っているかのような口ぶり。

「死は一瞬の苦しみでしかないからのう。これからあやつには、死ぬよりも辛い地獄を味わってもらわんと」

くくくと、キャロルは愉快そうに笑った。

「あの……キャロルさんは……」

何者ですか、と尋ねようとした時。

「……あまり、無茶はしないでくださいよ」

一連の流れを見守っていたローガンが、溜息を吐きながらキャロルの元へ。

「年寄り扱いするなと言ったであろう。わしはまだまだ現役なんじゃ」

「もう立派なお年でしょう。お祖母様《ばあさま》は肩を負傷してらっしゃるのですから、激しい動きは控えるべきです」

「ああ、そのことじゃがのう……」

「お祖母様……？」

耳を疑うワードにアメリアが聞き返す。

「まさかお祖母様、アメリアに素性を明かしてなかったのですか？」

ローガンが尋ねると、キャロルはくくくと悪戯《いたずら》が成功した子供のように笑った。

またまた盛大な溜息をつくローガン。ごほんと咳払《せきばら》いし、ローガンは改めて説明した。

「このお方は、シャロル様……ヘルンベルク家の先々代当主の夫人にして、先の大戦において多大なる功績を収めた〝軍神〟の一人……そして、一介の伯爵家でしかなかったヘルンベルク家を公爵家に陞爵《しょうしゃく》した、ばけも……いや、偉大なお方だ」

「おいお主、今化け物と言おうとしたろう」

予想を遥かに上回るキャロル……改めシャロルの肩書きと経歴に。

「…………へ？」

アメリアは、素っ頓狂な声を溢《こぼ》す事しか出来なかった。

◇◇◇

ローガンからキャロル改めシャロルの正体を明かされ、アメリアは絶句した。

ヘルンベルク家の先々代当主の夫人。

先の大戦で大きな功績を収めた〝軍神〟の一人。

そして、当時伯爵家だったヘルンベルク家を公爵家に陞爵した人物……。

とんでもなく凄すぎる経歴の持ち主に、頭が完全に置いてけぼりになった。

（……あ……でも、そっか……）

振り返ってみると、様々な点に合点がいった。

もともとヘルンベルク家は武術の家系というのもそうだ。

シャロル自身とても引き締まった体格をしているのも、アメリアが池に落ちそうになってシャロルが助けてくれた際やけに強い力に感じたのも、身体の使い方を云々《うんぬん》とか言っていたのも。

全てシャロルの背景を聞くと納得だ。

初めて出会った大浴場で目にした、シャロルの肌に刻まれていた傷はおそらく今までの戦いによって出来たものだろう。自然と湧き出た疑問を、アメリアはシャロルに投げかけた。

「何故《なぜ》素性を明かさなかったのですか、シャロルさん……あ！　大変申し訳ございません！　シャロル様……!!」

「それじゃよそれ」

慌てて地に伏せようとするアメリアを、シャロルがぴっと指差しつまらなそうに言う。

「やれ軍神だの英雄だの、誰も彼もわしを神か何かと勘違いしているようでの、話し難《にく》いったらありゃせん。わしはもう引退の身で、ただの老ぼれに過ぎん。にも拘《かか》わらず、皆妙によそよそしいというか、距離を感じてのう……そういうのが嫌だったんじゃ。だから明かさんかった」

「そういう事だったのですね……」

納得した。引退の身とはいえ、確かにこれだけの経歴の持ち主だと周囲からは恐れ多くて最大限の気を遣われてしまうだろう。

「この歳になると、気兼ねなく話せる相手というのもめっきり減っての……ちょうど、外からわしの素性を知らなそうなお嬢さんが嫁ぎに来たと聞いて、これ幸いと思ったのじゃ」

「それはとても光栄ではありますが……でも、私で良かったんですか?」

「さあ?」

「さあ、って」

「わしが良いと思ったから、良いのじゃよ。そこに小難しい理屈は必要ない」

「なるほど……そういうものなのですね」

「そういうものじゃ」

シャロルは満足そうに頷く。

「と、いうわけじゃ。だから今まで通り、シャロルさんで呼んでおくれ」

アメリア個人としてはそう呼びたい所ではあった。

けど、いいのだろうかとアメリアはローガンを見る。

「お祖母様、それは……」

ローガンは苦い顔をしていた。

「なあに、流石に公の場でまで呼んでもらおうとは思わぬよ。この家でだけで良い。まさか使用人からの見え方がどうとか、つまらぬ事は言わぬな？　当主なんじゃから、屋敷内にそのくらいの特例周知は出来るじゃろう？」

「出来はしますが……」

「それに……お主はわしに大きな借りが出来たじゃろう？」

「ぐっ……」

痛いところを突かれた、とばかりにローガンが言葉を詰まらせる。

「借り、ですか？」

アメリアが尋ねると、シャロルは種明かしと言わんばかりに説明を始めた。

「アメリアが侍女に暴行を受け、絶体絶命の大ピンチという時に何故都合良くローガンが現れたのか、不思議に思わんかったか？」

ちりんと、シャロルが懐から鈴を取り出した。

先日見せてくれた、シャロルがいつも持ち歩いている大きな鈴。

「あっ……」

思い出す。メリサに組み敷かれている時、この鈴の音が聞こえた事を。その音を聞きつけてローガンが駆けつけてくれたのだろうと理解し、アメリアはバッと頭を下げた。

「ほ、本当にありがとうございました……!! おかげで助かりました!」

「そうかしこまらんで良い良い。お礼はこれまで通りに接する事……いいな?」

「はい……!! ありがとうございます、シャロルさん」

「うむ」

シャロルがローガンの方を見る。ローガンは深いため息をついた。

「……わかりました。もう、好きにしてください」

「くくく、それで良い」

満足そうに頷くシャロルに、ローガンが尋ねる。

「というか、私を呼んでる暇があったら何故先にアメリアを助けなかったのですか？ お祖母様ならあの侍女など一捻《ひとひね》りでしょうし」

実際、一捻りどころか瞬殺だったわけだが。

シャロルは「なんじゃ、わからんのか」と言い置いて言葉を並べる。

「アメリアのことはオスカーからよく聞いておる。ハグルの家でどのようなことがあって、どのような経緯でここに来て、どんな日々を送っているのか。そして、アメリアがどんな性質の持ち主で……どんなコンプレックスを持っているのかもな」

その言葉に、ローガンはハッとする。

「……まさか、あえて静観していたと？」

にやりと、シャロルは笑った。

「アメリアは変わろうとしていた。ずっと逆らえなかったあの侍女に抗おうと、自分を変えようと必死にもがいていた……そんな中、わしが助けに行くのは無粋じゃろう？」

息を呑んだ。全て計算の上での展開だったのかと、アメリアは戦慄する。

一体どこまで深く考え、行動していたのか。

シャロルという人物の底知れぬ能力に、アメリアは思わず身震いをした。

「もちろん、事がうまく丸くなるようにちゃんと計算はしていたぞ？　あの場はローガンが来た方が、後々を考えると良かったしのう。どのタイミングで鈴を鳴らせば良いか、どのくらいでローガンがここへ来られるか諸々《もろもろ》も含めてな……こういった頭の使い方は久しぶりじゃったな、昔を思い出すわい」

また、くくくと笑うシャロル。

先の大戦の〝軍神〟と呼ばれていた時代を思い出しているのだろうか。

「……まあ、激昂《げきこう》して殴りかかってくるとは流石に予想できんかったがな。でも、結果としてスッキリしてよかったろう？　お主も、内心はあの侍女を殴りたくて殴りたくて仕方がなかったのじゃろうしな？」

お見通しじゃ、と言わんばかりにシャロルは言う。

ローガンもお手上げとばかりに両手を上げ、やれやれと笑みを浮かべた。

「全く……お祖母様には敵《かな》いません」

「当たり前じゃ。お主がわしに勝てた事など一度もなかろうに。そうじゃ、久しぶりに剣術の稽古をつけてやろうか？　もちろん、体術も格闘術もなんでもアリのな」

「遠慮しておきます。この季節に、あの池の水は応えそうです」

「なんじゃ、つまらんのう」

軟弱者めと、シャロルは息をついた。どことなく楽しそうな表情で。

「……まあ、そもそもの話。わしがここまでしたのは、ひとえにアメリア自身の行動の結果じゃがな」

「えっ」

急に話を振られて素っ頓狂な声が漏れてしまう。

「それは、どういう……」

ぶんっと、シャロルが拳で風を切った。

食らったら先程のメリサのように吹っ飛んでしまうとわかるほどの、鋭い一撃。

「王城の近衛《このえ》騎士団どもを鍛えている時に不覚をとってのう……肩を痛めていたのじゃが、アメリアの薬でとても良くなった。お主のおかげでまだまだ現役を続けられそうじゃ。ありがとう、アメリア」

生きる伝説に頭を下げられ、慌ててアメリアもそれ以上深々と頭を下げようと思ったが。

――これまで通りに接する事……いいな？

その言葉を思い出し、代わりにアメリアはとびきりの笑みを浮かべて言った。

「どういたしまして、シャロルさん」

善かれと思ってやった事が、巡り巡って誰かを助け、結果的に自分も助けられる。

これをいわゆる、助け合いというのだろう。

（役に立てて、良かった……）

嬉しい。アメリアは心からそう思った。

「さっき引退って言ってませんでしたっけ？」

「やかましいわ」

ローガンのツッコミにシャロルが返す。二人の関係がどれほど深いものなのか、そのやりとりを見れば充分だった。先日訪れたあの池で。幼きローガンにシャロルが稽古をつける光景が目に浮かぶようで、なんだか微笑ましい気持ちになる。

「さてさて。わしの役目も終わった事じゃし、そろそろお暇《いとま》するかのう」

「王城に戻られるのですか？」

「いいや、その前に風呂じゃ。久しぶりに良い運動もした事じゃし」

ニッと笑って、シャロルが言う。

強くて、聡明《そうめい》で、だけどどこか自由な老婦人、シャロル。

彼女のような人間になりたいと、アメリアは憧れの感情を抱いた。

「ああ、そうそうローガンよ」

「なんでしょう、お祖母様」

「前々からお主には女っ気がなくて心配しておったが、中々の成長を見せてくれるではないか。わしは安心したぞ」

「急に話が飛びましたね……ちなみに、それはどういう意味でしょうか？」

ローガンが訝《いぶか》しげに尋ねると、シャロルはアメリアの方を……正確には、アメリアがずっと手に握っているモノを見て言った。

「アメリアへの贈り物に〝クラウン・ブラッド〟のペンダントとは、良い石言葉のセンスをしておる」

シャロルが言うと、ローガンは気まずそうに目線を逸《そ》らした。

代わりに、アメリアが尋ねる。

「どういう石言葉なのですか？」

「なんじゃ、聞かされてなかったのか。そういうところじゃぞ」

「……放っておいてください」

居心地悪そうにローガンが顔を逸らす。代わりに、シャロルが言った。

「クラウン・ブラッドの石言葉は……勇気」

「勇気……」

「そう。まさに、今のアメリアにぴったりじゃな」

――石言葉も今の君に合っているかもしれない。

ローガンの言葉を思い出し、アメリアは胸がいっぱいになった。大事そうにペンダントを胸に抱くアメリアに、シャロルは悪戯が成功した子供のような笑みを浮かべて。

「……ちなみに、クラウン・ブラッドの石言葉はもう一つあってのう」

「もう一つ、ですか？」

「そう、もう一つは……」

ちらりと、ローガンを見やって。

「そこの色男に直接聞けば良い」

そう言い残し、シャロルは歩き去って行った。

◇◇◇

シャロルが去った後、程なくしてオスカーや使用人たちがやってきた。

ローガンが一通りの事情を説明した後、気絶したままのメリサはどこかへと連れて行かれた。

ローガンにどこに連れて行かれたのかとアメリアが聞くと、『牢』との事。

大戦の名残りか何かで地下にあるらしい。

彼女の処遇に関してはこれから協議されるそうだ。

一方、アメリアはというと……。

「本当にすまなかった」

屋敷に入ってすぐの応接室に入るなり、ローガンに頭を下げられた。

「え、えっと……あの？」

何に対する謝罪かわからないアメリアは狼狽《ろうばい》する。頭を下げたまま、ローガンは続ける。

「君の実家から、使者が来る想定はしていた。だがこれほど早いとは思ってなく、直接俺の許可が出るまで何があっても通さぬよう門番へ伝達する事が抜けていた……全て、俺の責任だ……」

心底申し訳なさそうに言うローガンに、アメリアはおろおろしながら言葉を投げかける。

「そんな、謝らないでください……それを言うなら私も、一人で不用意にうろうろしてしまったのが原因ですし、門番の方へ私がちゃんと言っていれば、メリサを入れるという事態にはならずに……きゃっ」

言葉は途中で中断させられた。突然の衣擦《きぬず》れの音。

自分以外の吐息、熱、鼓動、そして、がっしりとした感触。

シトラス系の落ち着く匂いが、今までで一番強くアメリアの鼻腔《びこう》をくすぐる。

ローガンに抱き締められたと頭が追いついた。

その瞬間、頭を包み込むように回された腕に力が籠って。

「……君が無事で良かった」

心の底から漏れ出た、安堵の声。

「君の身に何かあったらと……失ってしまったらと、本当に……怖かった」

その声は、微《かす》かに震えていた。

「……ローガン様」

自分よりも大きな背中に、アメリアも両の腕を回す。

「私は、ここにいますよ」

「…………ああ」

アメリアとローガンは、しばらくそうしていた。

小柄なアメリアは、抱き締められるとちょうどローガンの胸のあたりに頭がくる。

とくん、とくんとローガンの鼓動が聞こえてくる。

そのたびに、胸の奥がきゅうっと締まった。

（ああ……そっか……）

気づく。初手で契約結婚と言われて、なるべく考えないようにしていた自分の感情に。

それはもうずっと以前から、アメリアの底に芽生えていた。

もっとローガンのことを知りたい。

もっとローガンと色々なところに行きたい。

もっとローガンと色々なものを食べたい。

もっと、もっと、もっと。

これからもずっと、ローガン様と一緒にいたい。

そんな〝もっと〟がたくさん溢《あふ》れて止まらなくなる感情。

こうして抱き締めあっているだけで心臓がうるさいくらい高鳴って、顔が熱くて、夢見心地で
……。

こんなにも幸せな気持ちにさせてくれる感情は、ひとつしかない。

（私は……ローガン様のことを……）

どうしようもなく――。

「……すまない、急に」

アメリアが自分の気持ちを言葉にする直前。ゆっくりと、ローガンが身体を離した。

見ると、ローガンは視線を逸らし口元に手を当てていた。彼が、気恥ずかしさを覚えている時にする仕草。その仕草すら、胸がきゅんと妙な音を立てる。

「その、お気になさらず……婚約者なんですし」

言いつつも、アメリアの方も茹《ゆ》で上がりそうだった。

これじゃあ付き合いたてのカップルだ。

妙に気まずい間に耐えかねて、アメリアは話を振る。

「そういえば私も、謝らなければいけません」

「何をだ？」

「ローガン様に初めて買って頂いたペンダントを……壊してしまいました」

アメリアがしょんぼりして言うと、ローガンは「ああ、そんなことか」と前置く。

「気にするな。ペンダントはまた買えばいい。それに……」

小さく、ローガンの口角が持ち上がる。

「むしろ、あの侍女がそのペンダントを壊した事は、良い方向に転ぶかもしれない」

言葉の意図を理解する前に、ローガンがアメリアの頭に手を乗せた。

そのままわしゃわしゃ撫でられて、アメリアは頭がぽーっとなる。

そんな頭に浮かんだ問いを、ローガンに投げかける。

「また一緒に、買いに行っていただけますか？」

「ああ、何度でも」

その言葉が聞けただけで、充分だった。

……いや、充分じゃない。

まだ聞きたいことがあった。

「ローガン様」

「なんだ?」

「クラウン・ブラッドのもう一つの石言葉は……」

「最愛の人」

淀《よど》みない口調で、ローガンはその言葉を口にする。

その七文字の意味を理解するのに、アメリアは数秒の時を要した。

「あ……えっ……?」

頭が追いついたが、今度は気持ちがついてこない。

構わず、ローガンは続ける。

「最初は契約結婚で、ドライな関係で済まそうと思っていたが……今は違う」

澄んだブルーの瞳が、アメリアを真《ま》っ直《す》ぐに捉える。

未だおろおろした様子のアメリアの両肩にそっと手を添えて。

「俺は、アメリアを愛している」

紡がれたその言葉は、すとんとアメリアの心に落ちてじんわりと広がっていった。

今度は、気持ちもついてきた。その瞬間、瞳の奥にもじんわりと熱が灯った。

目尻に浮かんで、頬を伝い落ちた雫《しずく》をローガンが指先で拭う。

「……涙は辛くて痛い時以外にも出る事を、初めて知りました」

涙を零《こぼ》しながらも笑みを浮かべるアメリアを、ローガンはとても美しいと思った。

それから、ローガンは尋ねる。

「君は、どうなんだ?」

そんなの、決まっている。さっき答えは出たんだから。

いや、答えは多分、ずっと前から決まってたんだ。

今まで、呼んでいいのか迷って結局口にしていなかった呼び名で。

ローガンの目をまっすぐ見つめてから、アメリアもその言葉を口にした。

「私も、ローガン様を愛しています」

エピローグ

「ふざけるなふざけるなふざけるなあああああああああぁぁぁぁぁぁ!!」

ハグル家の執務室に、窓ガラスを割らんとするほどの怒号が響き渡る。

どん！　どん！　どん！

と目一杯の力で何度も机を叩《たた》くセドリック。

「はぁー……はぁー……」

ただでさえ肥えた身体《からだ》に怒りのボルテージが瞬間的に上がったためか、全身は熱く呼吸も浅い。

震える拳、ギリギリィッと噛《か》み締められる奥歯。

ここ最近では見たことがないセドリックの剣幕に側近は震え上がった。

……セドリックの怒りの原因は、机の上の一枚の羊皮紙に全てが書かれていた。

差出人はヘルンベルク家で、内容は散々たるものだった。

支度金のことで使いに行かせた侍女メリサの不敬行為……公爵家当主の婚約者となったアメリアへの恫喝《どうかつ》、暴力行為、所有物の破壊、そして極め付けは……貴族界の中でも最重要人物の一人とされている『軍神シャロル』への暴行。

当のメリサはシャロルの正当防衛によって負傷し、現在ヘルンベルク家で治療を受けている……

と書かれているが、実質は不敬罪で幽閉されていることだろう。

これだけの罪を重ねたのだ。

もう二度と見ることなくそのまま死罪になる可能性だってある。

（一体、何がどうなったらそんな事態になるのだ……!!）

あいにく、記載されている経緯説明だけでは、メリサが何を思ってそんな凶行に出たのか読み取ることができない。

ヘルンベルク家まではそこまで距離はなく、行って交渉して帰ってくるだけなら一日ほどのはずなのに、どこで油を売っているのかと思っていた矢先の出来事である。

遅れて帰ってくるだけならまだよかった。

だが、アメリアへの不敬や暴行に加えてシャロルへの暴行。

即刻謝罪、管理者責任として賠償金や慰謝料の請求、爵位剝奪、領地の没収……様々な事態が頭の中に流れ込んできて卒倒しそうだった。

「あの……セドリック様……」

「なんだ!?」

「ひっ……実は、アメリア様の所有物を損傷させたとして、取り急ぎの損害賠償を先方は求めてきております……」

恐る恐る、側近が羊皮紙を差し出してくる。

「なんだ、そんなことか」

アメリアの所有物とのことだ。どうせ、そんな大した額ではないだろう。

まだ鼻息荒いまま、羊皮紙を奪い取って品目と額を確認すると……。

「なんだこれは……!?」

記載されている品目に目を疑った。

クラウン・ブラッドのペンダント。

記載されている額は……。

「六千万メイル……だと……!?」

およそ、支度金の三倍の額であった。

妻のリーチェの趣味がジュエリーということもあって、『クラウン・ブラッド』の名はセドリックは知識としては知っていた。

指輪にしろペンダントにしろ非常に高価な品だし、滅多に市場に出回らないため、伯爵家夫人のリーチェですら、格がもう少し低いブラッドストーンの指輪を購入していたのを覚えている。

それをアメリアはつけていて、あまつさえメリサが破損させた……。

(何かの間違いではないか……間違いであってくれ!)

セドリックは願うものの、紙には『購入証明書あり』と記載されており、その願望は打ち砕かれた。購入証明書は商品の売買における証明書として最も強い証拠だ。

つまり、記載されている内容は全て揺るぎない事実で……。

「くっそおおおおあああああああああああぁぁぁっっっっっぁぁぁぁぁぁっぁ！！！」

セドリックは机に手をかけた。

がらがらがっしゃーん！

机ごとひっくり返され、上にあった書類や筆記用具が全て床にぶち撒《ま》けられる。

それでも飽きたらないと、セドリックは暴れ回った。

部屋にあった花瓶を床に叩きつけ、本棚を倒し、机を何度も何度も踏みつけた。

「ふ――……ふ――……」

血走った目。真っ赤になった顔面。湯気たつ勢いで熱を持った身体。

その姿はまるで、怒りに駆られた猛獣のようだった。

もはや側近は、部屋の隅で主人の怒りが収まるのを震えて見守るしかなかった。

財政難に喘《あえ》ぐハグル家が頼りにしていたヘルンベルク家からの支度金。

それを貰《もら》えないばかりか、三倍の額の損害賠償金が降りかかってくる。

加えてアメリアやシャロルへの不敬や暴行に対する慰謝料も積み重なるだろう。

まさに悪夢だった。悪夢以外の何物でも無かった。セドリックは今にもぶっ倒れそうになる。

そのタイミングで、コンコンとドアがノックされた。

セドリックの許可が出る前に、その女性が入ってくる。

「ねえねえアナタ、一つお願いがあるんだけど……って、何よこの部屋!? 一体何があったというの?」

部屋の惨状を見て、セドリックの妻リーチェが声を上げた。

しかしその問いにセドリックは答えない。

「……なんだ、こんな時に?」

「理由は話さないのね。なんでもいいけど、ちゃんと片付けておいてよね。本題なんだけど、今度メルエールから新作の指輪が出るの、買ってもいいかしら? 赤くて綺麗《きれい》で、私にとっても似合うと思……」

「今俺に宝石の話をするんじゃない!!!!!!!!!!」

腹の底からセドリックは叫んだ。

ぶちぶちっと脳の血管が何本か切れて頭から血が噴き出さんばかりに。

「な、何よ宝石の一つくらい!! 小さい男ね!」

一気に機嫌を損ねたリーチェ。だがセドリックの剣幕に只事《ただごと》ではない事態を感じ取ったリーチェは、悪態をつきながら逃げるように部屋を去っていった。

ついでに側近も気配を消して逃げるように部屋を出ていった。

「おのれおのれおのれえぇぇ……!!」

一人残されたセドリックが声を荒らげる。荒らげすぎて掠《かす》れ気味だ。

それでもセドリックは声を荒らげ続けた。怒りを爆発させ続けないとおかしくなりそうだった。

「許さん……許さん……許さん許さん許さん！！！！」

これも、全部全部、アメリアのせいだ!!

アメリアが支度金の事をすぐ動かしていれば、こんなことにならなかった。

「アメリア、お前のせいで……!!」

冷静に考えると九十九%はメリサのせいだし、支度金の慣習に照らし合わせるとアメリアに非は全くないのだが、怒りをぶつけるべき相手は生憎《あいにく》の檻《おり》の中だ。

セドリックの怒りの矛先は、わかりやすく歪曲《わいきょく》されてアメリアへと向いた。

「許さん……許さんぞアメリアアアアァァァァ……!!」

確かな怨嗟《えんさ》と憎悪が含まれた声。

セドリックの怒りは、当分収まりそうに無かった。

……セドリックは知らない。

この出来事は、今後起きる崩壊のほんの序章にすぎない事を。

今は、まだ——。

あとがき

初めましての方は初めまして、他の作品でお会いした方はお久しぶりです、青季ふゆです。醜穢令嬢1巻をお手に取っていただきありがとうございます。

私の執筆史におけるあとがきというものは最低でも2ページ、多い時には6ページにも及ぶのですが、今回はほぼ1ページという折りたたみスマホもびっくりなコンパクトさでお送りいたします。

さてさて、今作は虐げられつつも前向きな令嬢アメリアと、無愛想ながらも心優しい公爵ローガンとの甘々な恋愛という王道ストレートなお話です。

何かと暗い話題が多い昨今、テイストとしては（たぶん）ふわふわめな今作が、少しでも読者様の癒《いや》しや楽しみになったのでしたら、とても嬉《うれ》しいことでございます。

短いですがこの辺りで謝辞を。

担当Kさん、此度《こたび》は電子の海から今作を一本釣りしていただきありがとうございました。お陰様で、自分としてもこの上ない形で刊行できたと実感しております。

イラストレーターの白谷ゆう先生、アメリアやローガンといったキャラクターたちに命を吹き込んでいただきありがとうございました。先生が描いていただけると担当からメールいただいた時はちょうど北海道はニセコあたりの某温泉を出て散歩していたのですが、興奮で湯冷めが吹き飛んだあの瞬間を今でもありありと思い出せます。

北海道とは真逆の高知県あたりで見守ってくださっている両親、ウェブ版で惜しみない応援をくださった読者の皆様、本書の出版にあたって関わってくださった全ての皆様に感謝を。
本当にありがとうございました。それではまた、２巻で皆様とお会いできる事を祈って。

青季ふゆ

誰にも愛されなかった醜穢令嬢が幸せになるまで 1
～嫁ぎ先は暴虐公爵と聞いていたのですが、気がつくと溺愛されていました～

発行　２０２３年５月２５日　初版第一刷発行

著者　青季ふゆ
イラスト　白谷ゆう
発行者　永田勝治
発行所　株式会社オーバーラップ
〒１４１－００３１
東京都品川区西五反田８－１－５
校正・ＤＴＰ　株式会社鷗来堂
印刷・製本　大日本印刷株式会社

ISBN　978-4-8240-0505-2 C0093

【オーバーラップ　カスタマーサポート】
電話　０３－６２１９－０８５０
受付時間　１０時～１８時（土日祝日をのぞく）

作品のご感想、ファンレターをお待ちしています

あて先：〒141-0031　東京都品川区西五反田8-1-5 五反田光和ビル4階　オーバーラップ編集部
「青季ふゆ」先生係／「白谷ゆう」先生係

スマホ、PCからWEBアンケートにご協力ください

アンケートにご協力いただいた方には、下記スペシャルコンテンツをプレゼントします。
★本書イラストの「無料壁紙」　★毎月10名様に抽選で「図書カード（1000円分）」

公式HPもしくは左記の二次元バーコードまたはURLよりアクセスしてください。
▶ https://over-lap.co.jp/824005052
※スマートフォンとPCからのアクセスにのみ対応しております。
※サイトへのアクセスや登録時に発生する通信費等はご負担ください。

オーバーラップノベルスf公式HP ▶ https://over-lap.co.jp/lnv/

第11回オーバーラップ文庫大賞
原稿募集中！
イラスト：じゃいあん
【締め切り】
第1ターン 2023年6月末日
第2ターン 2023年12月末日
各ターンの締め切り後4ヶ月以内に佳作を発表。通期で佳作に選出された作品の中から、「大賞」、「金賞」、「銀賞」を選出します。
その物語は、
きっと誰かが
好きな物語。
【賞金】
大賞…300万円
（3巻刊行確約＋コミカライズ確約）
金賞……100万円
（3巻刊行確約）
銀賞……30万円
（2巻刊行確約）
佳作……10万円
投稿はオンラインで！ 結果も評価シートもサイトをチェック！
https://over-lap.co.jp/bunko/award/
〈オーバーラップ文庫大賞オンライン〉
※最新情報および応募詳細については上記サイトをご覧ください。
※紙での応募受付は行っておりません。